I0762454

DE ANATOMÍA POÉTICA

GILRAEN EÄRFALAS

DE ANATOMÍA POÉTICA

Planeta

Ilustraciones de portada e interiores: © Dulce Ledesma
Diseño de portada: Planeta Arte & Diseño / Lisset Chavarria Jurado
Fotografía de la autora: cortesía de Gilraen Eärfalas

Bajo el sello editorial PLANETA M.R.
Avenida Presidente Masaryk núm. 111,
Piso 2, Polanco V Sección, Miguel Hidalgo
C.P. 11560, Ciudad de México
www.planetadelibros.com.mx

Primera edición impresa en México: abril de 2026
ISBN: 978-607-39-4197-6

Impreso en los talleres de Litográfica Ingramex, S.A. de C.V.
Centeno núm. 162-1, colonia Granjas Esmeralda, Ciudad de México
Impreso y hecho en México – *Printed and made in Mexico*

Para la mujer que, en su muerte,
corrigió mi soberbia.

El cuerpo se divide en:

CABEZA Y CUELLO

17. **Cerebro:** nada en el cuerpo miente tan bien como el cerebro.
44. **Ojos:** son órganos del presente, ¿por qué miran hacia el pasado?
57. **Oídos:** cada uno es un caracol que sueña con volver al mar.
65. **Nariz:** el olfato te lleva a lugares a los que ya no puedes regresar.
73. **Boca:** altar, arma, herramienta, sepulcro.
87. **Lengua:** ¿cómo se dice *hazlo otra vez* sin hablar?
90. **Cuello:** zona en la que se pierden las guerras.
100. **Cráneo:** habitación en la que la razón y el delirio duermen juntos.

CAJA TORÁCICA

123. **Tórax:** Dios creó esta celda para contener al verdadero monstruo de la humanidad.
128. **Corazón:** cronómetro, tambor, cuenta regresiva.

137. **Pulmones:** no saben guardar secretos.
143. **Costillas:** jaula de la Bestia.

ESTRUCTURA ÓSEA

153. **Columna vertebral:** el orgullo de la arquitectura humana.
156. **Pelvis:** gesta placer, dolor y vida.

ABDOMEN

162. **Estómago:** fosa séptica del orgullo, la espera, la envidia, los celos.
167. **Hígado:** un mártir.

EXTREMIDADES SUPERIORES

177. **Manos:** puñales o caricias.
185. **Brazos:** llevan la intención del corazón al exterior.

EXTREMIDADES INFERIORES

191. **Pies:** órganos que soportan las decisiones que no se tomaron.
197. **Piernas:** anclas o alas, según el deseo del huésped.

SISTEMA SENSORIAL

203. **Piel:** frontera entre lo que eres y lo que el mundo insiste en tocar.

ÓRGANOS INTERNOS

213. **Riñones:** cuánta sabiduría hay en saber qué retener.

ANEXO

221. **Embarazo:** una extraña nace en el espejo.

Hoja de admisión al Servicio Médico Forense

FECHA: Justo después del último intento y antes del olvido. | NO. 230795

DATOS DEL PACIENTE

NOMBRE: Desconocida (pero seguramente alguna vez alguien la llamó *amor, hija, loca, paciente*).

EDAD: Entre los nueve y el día que dejó de defenderse.

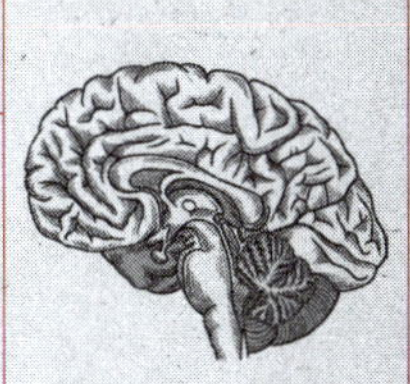

SEXO BIOLÓGICO: Mujer.

LUGAR DE HALLAZGO: En el fondo de sí misma.

CONDICIÓN: Incompleta.

RESPONSABLE DE INGRESO: Nadie *(o quizá todos)*.

NOTAS DEL FORENSE:

Cuerpo femenino. Conservado. El cuerpo no muestra señales de lucha, solo una herida profunda entre la muñeca y la niñez. El tejido almático presenta surcos compatibles con estrangulación. Los dedos, ligeramente curvados, sugieren que murió esperando sujetar una mano que nunca se presentó.

Corazón hipertrofiado por exceso de habitantes.

El estómago contiene las emociones que se tragó para no incomodar, lo cual concuerda con la nota vibratoria encontrada en el cartílago tiroideo: «callo para no molestar». Pulmones con atrapamiento aéreo bilateral, en la maniobra de aspiración se liberó una confesión: «prometo que me quería quedar».

CAUSA DE MUERTE: Exceso de inocencia.

OBSERVACIÓN ADICIONAL:

En cavidad peritoneal se rasparon restos de pétalos secos, patología reportó que fue un segundo intento de disculpas, pero ausencia de perdón.

FIRMA *Dr. Nivian Ithil*

NOTA DEL MÉDICO:

Te observé deteriorarte, pero no tenía permiso de salvarte.

La metáfora es el lenguaje
del cuerpo.

El médico está obligado
a saber de poesía, si no, ¿cómo
entenderá?

CABEZA Y CUELLO

No hay templo tan perfecto como el encéfalo,
ni catedral más exacta que las vértebras del cuello.
Noble bisagra del querer y el saber,
das paso al verbo, al alimento, al aliento.
Sin ti, no habría leído su alma,
ni ofrecido la mía para ser estudiada.

CEREBRO

El único órgano capaz de crear dolor en lugares que la anatomía no reconoce.

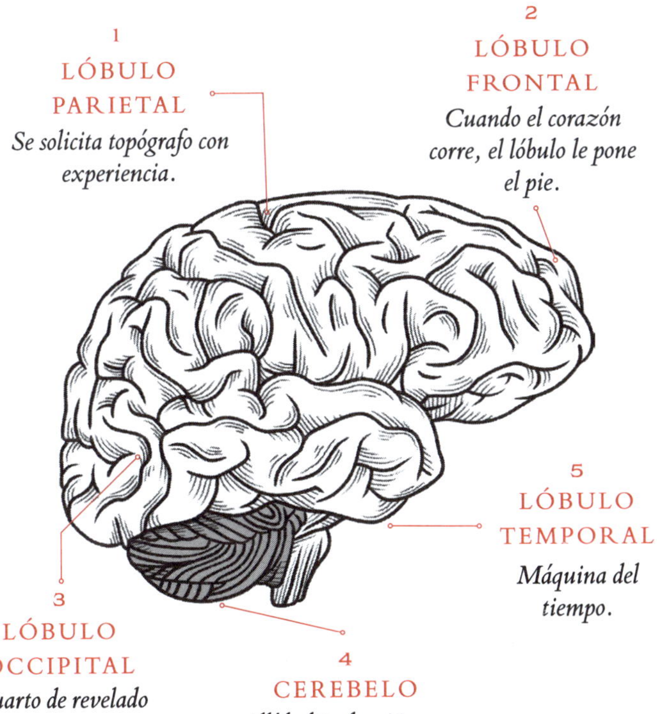

Cuando el amor toca la puerta, hasta el médico olvida que las mariposas en el estómago no existen.

Sinapsis

Amor a distancia
(Dos neuronas que no se tocan, pero se entienden)

Somos fantasmas, un mito,
amor dudoso para los ojos de otros.
¿Hay cuerpo que aguante días sin tacto?
¿Hay alma que no se desgaste ante la espera?

¿Nos amamos como se aman los muertos?
En la idea de lo que fuimos cuando existíamos cerca.

¿A cuántos pulsos perdidos
te encuentras de mí,
amor mío?

La sed es quien honra al agua,
quizá por eso te espero,
amarte sin tenerte
es mi forma de no desgastarte,

así tus manos no me buscan por costumbre,
así mis labios te buscarán con urgencia.

Me aferro a esta paradoja:
si no te tengo,
tampoco te pierdo.

Mi cuerpo camina solo,
mi alma se hospeda contigo.

DUELO SIN PERMISO

No está escrito en los libros de Galeno
qué hacer cuando el amor yace
en la mesa de disección.

¿Cómo he de estar en tu lista de dolientes?
Si no me corresponde llorarte,
y permiso no tengo de pronunciarte.

Tampoco tengo un rol aceptable en tu historia
que me permita reclamarte.
Soy testigo,
observador autorizado,
un médico no reclama cuerpos,
solo los entrega.

No puedo llorarte como corresponde,
¿quién autorizará mi derecho
al duelo?

¿Por qué he de cargar mi dolor
como una falta de ética,
como si amar hubiera sido
un error de procedimiento?

¿Esta es mi condena?
Seguir siendo correcto,
mientras late, dentro de mí, lo incorrecto.

Etiam mors eius non fuit mea.
Ni siquiera su muerte fue mía.

Permítame recetarle
palabras, no creo que ningún
fármaco alcance a tocar el área
afectada.

HEMISFERIO IZQUIERDO

Él explica el amor.

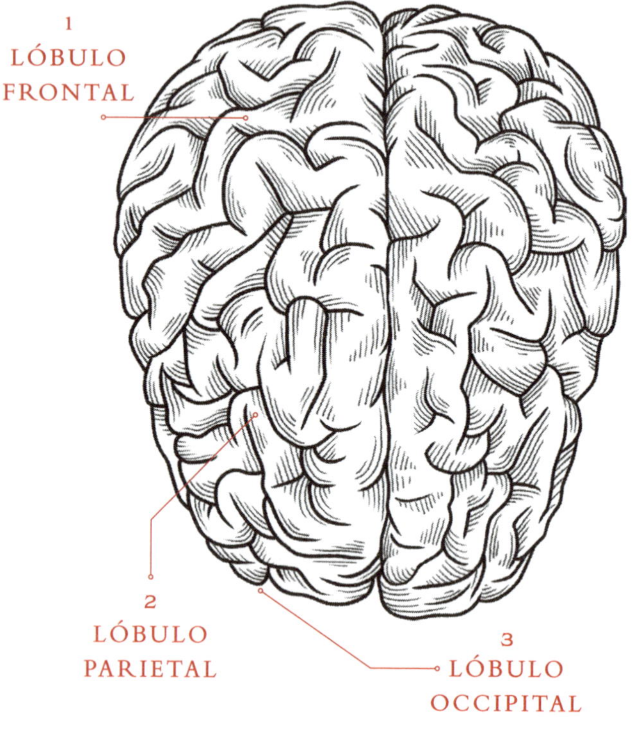

HEMISFERIO DERECHO

Él lo sufre.

Entró a mi vida como historia clínica y salió de ella como certificado de defunción.

Sobre los lóbulos del cerebro y los dolores del alma

Lóbulo frontal: ***cambio, decisiones, identidad, control.***
Te ruego que no me lastimes más… ya no sé qué otras partes de mí cambiar.

Lóbulo temporal: ***memoria, emociones, recuerdos.***
Aquí comenzó a vivir tu voz cuando dejé de escucharte.

Lóbulo parietal: ***sensación, tacto.***
Almaceno el peso exacto de cada mano que no debió posarse sobre mi carne.

Lóbulo occipital: ***procesa información visual.***
Mis ojos no quieren dar fe de lo que aquí se dice que ocurrió.

Lóbulo frontal: el teatro de la persona

Donde el cerebro decide
quién debe ser para los demás.

Me descubrí siendo espejo,
reflejando lo que otros me pedían.
¿Quién soy yo, si siempre me amoldo a lo que esperan?

Mi escenario, un auditorio con millones de ojos
encendidos reclamando algo distinto:
Más amor, menos amor.
Más dolor, menos dolor.
Más realidad, menos realidad.

Una persona no puede agradar a todos,
y, aun así, mi tonto corazón —necio— insiste en intentarlo.

Cuando quieres ser todo para todos,
te vuelves nada para ti.

Y la multitud incapaz de curarse
desgarra el arte con furia, buscando en sus restos
una cicatriz semejante a la suya.
¿Y si no la encuentra?
¿Y si entre los escombros no está su par?

¿Falló el artista al no calcar el dolor de su público
o falló el público
al pedirle al arte
ser un espejo exacto
de su herida?

A mis discípulos: si un día se sienten amados por todos, revisen si no se han traicionado.

Lóbulo parietal: sensación y defensa del cuerpo

Viví tanto tiempo en guerra
que ya no sé cómo caminar sin armadura
y dormir sin la espada cerca del corazón.

No puedo bajar la guardia sin sentirme desnudo.

Vivo un constante estado de alerta,
desconfiando de miradas amables,
de las manos extendidas,
buscando la grieta de peligro en el sitio
donde me juran seguridad.

Me presentaron el amor
y al tocarlo dispararon,
después preguntaron.
Me ofrecieron calor,
y abrasó el infierno.

No todos los soldados saben cómo vivir después de la guerra.

Me dijeron «entra, estás en tu casa»,
y escondieron las llaves,
cerraron las puertas y sellaron las ventanas.
Cerebro esta vez quiere rendirse,
corazón, un veterano de batallas,
sabe que un soldado con las manos en alto
puede ser una trampa.

No sé cómo convencer al corazón
de que ya está a salvo,
porque termina convenciéndome
de que no.

Aquí se conserva la memoria sensorial:
por eso el cuerpo sigue durmiendo con armadura,
aunque ya no tenga al enemigo enfrente.

Lóbulo temporal

Cuando me hablas
y describes lo que dices ver en mí,
tantos adjetivos
y cualidades que de mi boca no han salido,
me siento impostor.

Mi cara, mis manos, mis ojos, mi voz...
me pones vestiduras que no me he probado.
Música que no sé tocar.
Un personaje que no he aprendido a interpretar.
Todo parece pertenecerle a alguien más.

¿Cuándo hablé así?
¿Cuándo te vi así?
¿Cuándo fui así?

No soy quien amas, pero qué hermoso me inventas.

Amor,
tú me inventas.
La imagen que guardas de mí es tan etérea,
tan pulcra que temo mancharla con mi presencia,
por favor, yo no encajo en ella.

Cuando hablas de mí,
quiero conocerme,
encontrar al hombre que vive en tu relato,
esa versión mía que aún no existe,
pero que vive en tu fe,
ahora en mi oído,
y quizá, algún día,
en mí.

Función del lóbulo temporal: interpretar
lo que escuchamos.
Defecto: no cree en elogios.

VULNUS NON EST IN OCULO. EL DAÑO VISUAL NO RESIDE EN LA RETINA, SINO EN LA MEMORIA.

Lóbulo occipital

La vida continúa,
pero en esta región posterior del cráneo
todo acontece de nuevo.

Soy testigo involuntario
de lo que una vez vi
y nunca más pude *desver*.
el daño ya es imagen,
la imagen ya es recuerdo.

Necesito inventar un verbo que me cure de esto,
desrecordar:
arte extinto de liberar el alma de aquello
que la mirada no pudo evitar.

Me urge *desimaginar*,
desdibujar su silueta en el espacio izquierdo de mi colchón,
desarchivar sus gestos de mi cabeza,
desaprender su forma de existir en mí.

Huésped desalmado habitando un espacio sin pagar alquiler.
Bendita sea la mente ciega,
qué paz de aquel que cierra los ojos y el mundo se apaga,
ojalá mi mente dejara el papel de productor audiovisual,
cansada estoy de sus carteleras,
su fascinación por dirigir tragedias
y ojalá tú… dejes de venir a protagonizar todos mis
escenarios,
se cerró el telón,
ya no hay aplausos.

El daño visual no reside en la retina,
sino en la memoria.

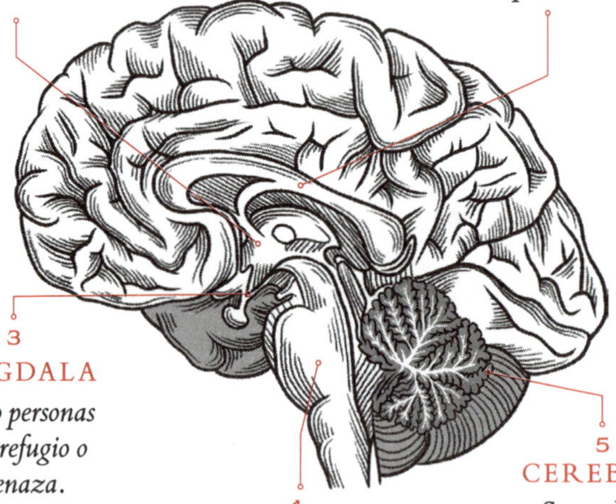

1
CUERPO CALLOSO
El lado izquierdo me dice «no debería doler». El lado derecho dice «pero duele».
2
HIPOTÁLAMO
Intento controlar el incendio que llevas en el pecho.
3
AMÍGDALA
Marco personas como refugio o amenaza.
4
BULBO RAQUÍDEO
Me toca mantener vivo lo que no quiere vivir.
5
CEREBELO
Sostendré tu equilibrio, pero no prometo que no te caigas.

Microcuento

Yo, un día, decidido
le cerré la puerta.
Y ella empezó a tocar desde dentro.

El corazón quiere olvidar,
pero la amígdala defiende lo que
un día identificó como hogar.

La amígdala cerebral guarda experiencias que un día fueron océano en calma, aunque hoy esas aguas no dejen barca en pie. Esta pequeña estructura escondida en la profundidad del encéfalo no pretende ser un filósofo, portador de la verdad absoluta, ni levantar bandera a la dignidad, la responsabilidad afectiva y el amor sano. Ella no comprende que el hogar puede volverse encierro, ni que el cuerpo a veces ama lo que no debe tocar. Por eso, el corazón, tan dispuesto al olvido por instinto de autopreservación, choca contra esta fortaleza interna.

No quiero sonar quisquilloso. En su lugar, también intentaría proteger del olvido el lugar donde juré ver nacer las estrellas.

Mi mente me tiene secuestrada, pero no pide rescate, pues ¿quién va a venir a buscarme?

Hemisferio izquierdo: a veces también pierde la razón

¿Qué soy ante ti
sino un hombre educado en la proporción y el cálculo,
habitante del hemisferio izquierdo,
donde imperan la lógica, la disección y la razón?

Conozco de memoria el recorrido de la arteria carótida,
el nacimiento aparente y real de los nervios craneales.
Una vida llena de estadísticas,
diagnósticos,
probabilidades en números,
que se sostiene de gráficas y curvas.

Y entonces, llegaste tú…
y mi bolsa de valores colapsó.

Vesalio murió en mí ese día,
y con él se extinguió el instante en que el corazón,

Etiam scientia succumbit sub oculis amatae.
Aun la ciencia se arrodilla bajo la mirada de la amada.

noble bomba de sangre,
se convierte en máquina que se devora a sí misma.

¿Qué tratado explica la taquicardia compleja
que ocasiona la abismal distancia entre
tu boca y la mía?

¿Qué diagnósticos sirven cuando el síntoma principal
es desearte?

¿Qué medicina se prescribe cuando, por mirarte,
se pierde el lenguaje?

Mis años de estudio
se volvieron un inútil museo ante el sonido de tu risa.

Yo, que enseñé a mis alumnos
que el amor es solo química,
terminé siendo víctima de tu sustancia.

Entraste a mi vida como variable imprevista,
años diseccionando el corazón
para descubrir que el mío era el más vulnerable.

Tú, amor,
contagio bendito,
errata preciosa de mi manuscrito.

Yo, educando generaciones en la exactitud,
me encontré tonto,
balbuceante al nombrarte.

Cada intento de evitarte
activaba otro mecanismo para buscarte.

El hombre que todo lo sabía,
se volvió el peor alumno frente a ti.

Uno no elige de quién se enamora,
solo elige qué hacer con ese amor.

Hemisferio derecho

¿Y si me mientes un poco?,
que quiero pintar.
Nadie me inspiró tanto como tú
cuando no decías la verdad.

Tengo sed de colores imposibles,
hambre de futuros que no serán,
ansias de promesas que no cumplirás.

Dime que nunca me dejarás
aunque ya estés de espaldas,
prométeme un beso sin fecha,
sabré esculpirlo con mármol.

Soy adicto a la forma
de tus bellos engaños.

Ut melius scribam, oportet ut mentiaris.

Júrame el paraíso, aunque vivamos en ruina,
dame de beber veneno,
dime que es medicina,
yo a tus labios farsantes les creo.

Miéntele al mundo —yo recogeré los fragmentos.
No necesito tu verdad,
la verdad es un lienzo en blanco.
Dame tu engaño,
esa es la tinta que derrama mi mano.

La gente me cuestiona por hallar poesía en el dolor,
¿quién encuentra belleza en la mentira?

Yo solo puedo responder:
nunca escribí mejor que cuando
me dijiste que me amabas
y no lo sentías.

Miénteme, ese es tu oficio,
de la contradicción
de hacer arte con tu forma de romperme el corazón
me encargo yo.

OJOS

El ojo no siempre está abierto por curiosidad,
a veces lo está por miedo a lo que pasa al cerrarse.

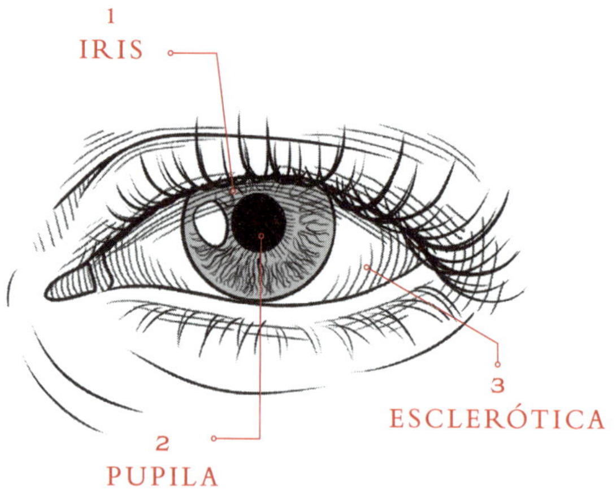

Lágrimas: yo que era océano,
me hice gota para caber en tus manos.

—Déjame cerrar… no tienes por qué ver esto —le susurró el párpado al ojo.
—Si lo haces, por dentro, aparecen otras cosas.
—Si me mantengo abierto, sangras.
—Si me cierras, sueño… te juro que es peor.
—Entonces, ¿qué hacemos?
—Parpadear, ni ver del todo, ni huir del todo.

Palpebra: ultima pietas corporis.
El párpado: última piedad del cuerpo.

Si pudiera te daría mis ojos…

He visto suficiente,
tú has visto demasiado.

Mientras yo aprendía de juegos,
tú te entrenabas para la guerra,
tal vez con ellos en tu rostro
pueda devolverte un poco de inocencia.

Y aunque me quede ciego,
feliz sería de no ver más,
Si así volvieras a mirar
el mundo que te arrebataron antes
de aprender a caminar.

Ver no debería doler,
y, si duele en ti,
dame el privilegio de mirar por los dos.

Dame tus noches,
recibe mis días.
Yo me llevo los cráteres y las llamas,
te devuelvo el derecho a imaginar jardines que florezcan
bajo tus pasos.

Si en mis córneas queda aún algo de cielo,
por favor, hazlo tuyo.

¿Qué es esta enfermedad en la que miro desconocidos que conozco de memoria?

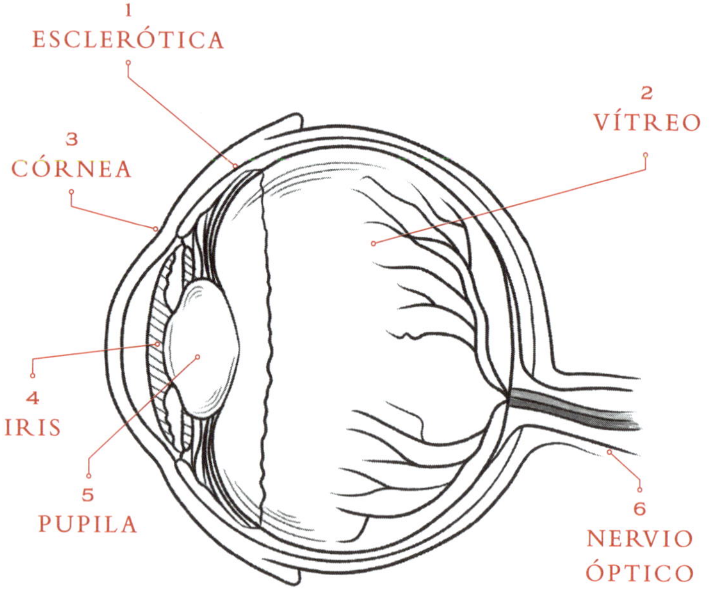

Si algún día me piden describir la belleza,
sepan que es verla a los ojos.

Para mis discípulos,
que algún día serán llamados a describir lo indescriptible.

He leído sus últimos reportes y quiero decir que estoy decepcionado.
En uno de sus textos, encontré la siguiente descripción:
iris opalescente con leves núcleos hipopigmentados.
¿Correcta? Sí. Pero vacía.
En otro, aún más preocupante, alguien, que pareciese las
palabras le fueran cobradas, anotó: gris.

Gris como ceniza, no.
¿Como la materia antes del fuego?
¿El meteorito que no ha impactado en ningún mundo?
¿El silencio antes del relámpago?

¿Qué gris te cupo en una sola palabra?

Hay partes del cuerpo que no pueden escribirse con frialdad sin profanarlas, los ojos, sobre todo los ojos, son una de ellas.

Que sea la última vez que los describen con términos únicamente clínicos. Si para ser fieles a lo observado deben acudir al firmamento o al fondo del océano, hacerlo.

No fue amor a primera vista...
fue amor a último intento.

Mis ojos se perdieron,
¿Cuándo fue la última vez que los tuve conmigo?
El día que mi corazón se fue con ella
tal vez ellos decidieron seguirlo.

Pues ¿qué ha de hacer la mirada
cuando en el pecho no hay nada?

No supe cerrar la herida
antes de abrir otra puerta.

¿Cómo explicar que, con solo tres músculos,
ella bajó la mirada y yo caí con ella?

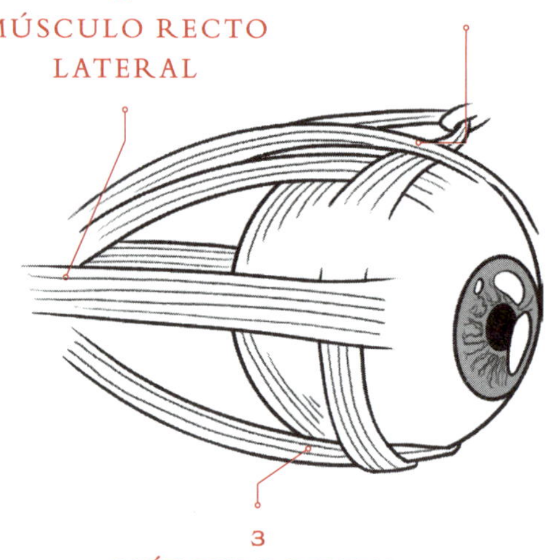

Ojos prestados

Me enamoré de una persona porque me recuerda a ti. No solo en lo invisible sino también en lo tangible, en esos ojos que llevan el mismo matiz de melancolía, como si ambos hubieran visto lo más triste de la vida y aun así eligieran quedarse.

Te recuerdo en el contorno de su sonrisa, la forma en que dice mi nombre, en cómo sale el sol de sus mejillas cuando está frente a mí, *el mismo amanecer que veía en ti*.

Sus manos son tus manos, o eso quiere creer mi piel cada vez que me toca. La forma en que sostiene una taza de café, en la que pasa sus dedos por su cabello desordenado… un reflejo.

Es como si estuvieras ahí y me duele mirarla porque es parecida, pero no idéntica.

No es real… No eres.

Pero cuando me habla, la cadencia de su voz no ablanda mi duro corazón, porque la clave la tenía solamente tu timbre, tan grave, tan suave.

Estoy con ella y me siento en casa, me siento contigo, pero lo que más me recuerda a ti es lo que no se puede describir: la forma en la que llena los silencios y el miedo. La manera en que respira cerca de mí, como si supiera que tengo miedo de perder lo que ya no está.

Me enamoré de su físico porque el destino jugó a repetirte en otra persona, y ahora estoy atrapado porque cada vez que la miro y la toco, no puedo evitar buscarte.

Es injusto, lo sé, para ella, para mí, para lo que fuimos. Pero ¿cómo no rendirme? Si hasta su sombra te dibuja.

Me enamoré de una persona que es tú en cada línea y, a la vez, tan diferente que duele.

¿Y sabes qué es peor?
Que la estoy perdiendo por mi error,
Y eso es como perderte
otra vez.

No veo a quien está, veo a quien perdí.

No la amo a ella, amo la posibilidad de que hayas vuelto disfrazada de alguien más.

Dios, no me quites el duelo, es mi prueba de que ella fue real.

Habitaciones del cuerpo mal habitadas

Mis ojos son una estancia de dos estrellas
llena de malas reseñas.
Vista hermosa, pero mucho ruido a la redonda.
Bonito lugar, pero no era lo que buscaba,
entra mucho pasado por la ventana,
no recomiendo para estancias largas.
Sirve para fotos,
bonita experiencia,
quizá, de no tener otra opción, regrese pronto.

Dejan desordenado,
cajones rotos,
pero quieren reembolso.

Y los más empáticos dicen:
No era el lugar, solo no era lo que buscaba.

Oídos

Cada vez que la escuchaba hablar de la muerte, entendía un poco más sobre el amor.

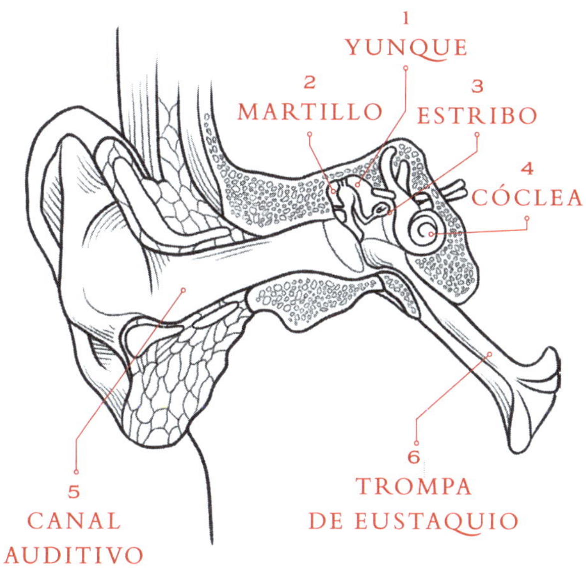

Grieta por la cual el mundo se infiltra.

El amor exige abolir el tiempo

Contigo quiero hablar de Dios,
necesito hablar de eternidad.

Me entristece esta vida tan breve,
este reloj que muerde los días y los llama *suficientes*.

Quiero que hablemos como si no hubiese muerte.
No esperar el trámite de *cuando tengamos tiempo*,
porque lo tendremos.

Quien tiene en su boca la creencia del para siempre,
no se preocupa por si sucederá.
Donde no hay tiempo,
todo pasa.

Necesito que hablemos de lo que estaremos haciendo
cuando nuestros ojos carnales se cierren
y estemos en otra ciudad sin el miedo a que caiga la noche
o lleguen las cuentas.

Quiero y necesito la vida eterna.

Pero en mi necesidad está que tú existas en ella.
Por eso quiero hablarte de Dios,
necesito que el adiós se vuelva un mito,
un error del lenguaje.

Negación del adiós entre dos cuerpos que se aman.

Cómo nos enferma la urgencia de demostrar valor

Crecí escuchando que el amor venía con metas.
Naces, aún no caminas y comienzas la carrera.

¿Y si no lo logro?

Paso la vida persiguiendo un orgullo
que no nace de mi pecho,
sino en los ojos de otros.

Si no hago nada digno de levantarse de su asiento
a un jurado,
si fracaso en el primer y el último intento,
¿seguiré siendo la hija perfecta?

¿Aplaudirás a esta mujer que no brilla,
pero que su logro es seguir viva?

Todos admiran al hijo que se va lejos,
¿me admirarás, aunque no conquiste nada,
aunque no vuelva convertida en ejemplo?

¿Perdonarás que no me quiera ir de la ciudad?

Y si no hay títulos antes de mi nombre,
el mismo que un día me diste,
¿me lo seguirás diciendo
con el mismo amor
que cuando me lo pusiste?

Siento que estoy llegando tarde,
aunque no sé bien a dónde.

A veces parece que el humano
vale cuando no se rinde,
¿cuánto vale mi vida ahora que me he rendido?

Vivere sufficit

Puede que yo sea el problema,
tal vez no estoy hecha para ser amada,
lo cruel es que nadie me arrancó del pecho
el deseo de anhelarlo.

Mis oídos siguen buscando palabras cálidas
y, el resto de mi cuerpo,
alguien que diga: ven aquí, descansa.

Dios,
quítame este defecto,
esta enfermedad.
Sella la herida
por donde sangra el deseo
de ser elegida.

Mors Quotidiana

Cuando nací, me enfermé de la muerte.
Muero por vivir un instante
sin pretender ganarme la vida.

Muero por probar unos labios
que dudo quieran besarme.

Y muero por el mismo par de ojos
que me miraron en mis veintes.

Muero por cada parte de mí
que se han llevado todos los que me vieron sin ropa,
los que tocaron mi cuerpo
y cubrieron sus ojos cuando mostré mis heridas.

Muero por cuotas
y aún debo la vida.

Un aroma puede desarmar todo el trabajo del corazón.

Nariz

Cada fosa nasal trabaja por turnos.
¿Ves cómo hasta para respirar necesitamos descanso?

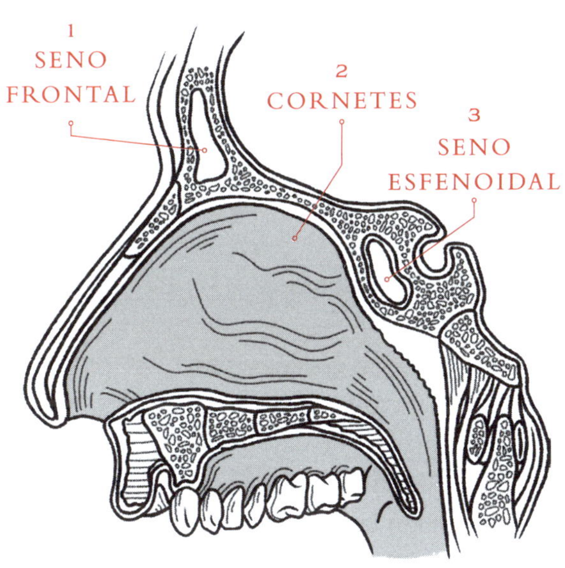

Un cuerpo que teme parar

Tengo miedo a descansar.
No me conozco cuando no produzco.
¿Para qué existo si no estoy salvando nada?

Cierro los ojos y hay una culpa que no duerme,
una voz que me dice que el descanso
es un lujo que no me pertenece.
Una deuda,
la herencia de todas las generaciones
que sangraron para sobrevivir.

¿Por qué, si me acuesto a mirar el cielo,
siento que se caerán las estrellas?

¿Acaso el sostén del mundo depende de mi vigilia?

Mi don es mi capacidad de sobrevivir
con dos horas de sueño,
aunque mi mente después me cobre la factura.

Siento que soy esa que lucha contra Hidra,
cortando cabezas que se multiplican
más rápido de lo que cicatrizan mis manos.
Una idea absurda de domesticar al caos
antes de que me devore.

¿Quién cuidará al mundo
si estoy dormida?

Quiero adelantarme al problema,
al dolor,
a la vida,
al mañana…

¿Estaré mañana?

Tú, el aroma a lavanda que me traía de vuelta al presente, ahora me arrastra al pasado.

¿Quién cura al médico cuando
el remedio se vuelve herida?

ANOTACIÓN PRELIMINAR:

El cuadro clínico está dominado por la ansiedad de ser olvidado antes de haberse curado del recuerdo.

Me da miedo el olvido,
no sé si más el suyo o el mío.

Me da miedo que mi nombre se disuelva
más fácil que la espuma
y no vuelva a tocar sus labios.

Me da miedo que mi esencia
haya sido un perfume barato
y no vuelva a acariciar la punta de su nariz.

Me da miedo que otro corazón se recueste en el suyo
y que yo comience a llenarme
de otro sabor, de otras manos
y él quede en el fondo difuminándose hasta desaparecer.
Me da miedo el antídoto, ¿lo ves?

Me da miedo hacer nuevos recuerdos,
donde habrá nuevas fotos,
y nunca más serán de él.

¿Crees que vuelva a hablar de mí?
Porque yo lo haré,
tal vez le cambie el nombre,
el motivo,
las circunstancias y hable de las causas,
de esta habitación en mi pecho que se cerró de por vida.
Porque, aunque se fue,
no logra irse de mí.

De la enfermedad de narrarlo todo,
para no perderlo.

Y el día que su corazón se detuvo, no supe si era el de ella o el mío.

Aprendí a besar sin cerrar la boca...
...por si hay que defenderse.

Boca

Beso fugitivo: procedimiento médico no autorizado.

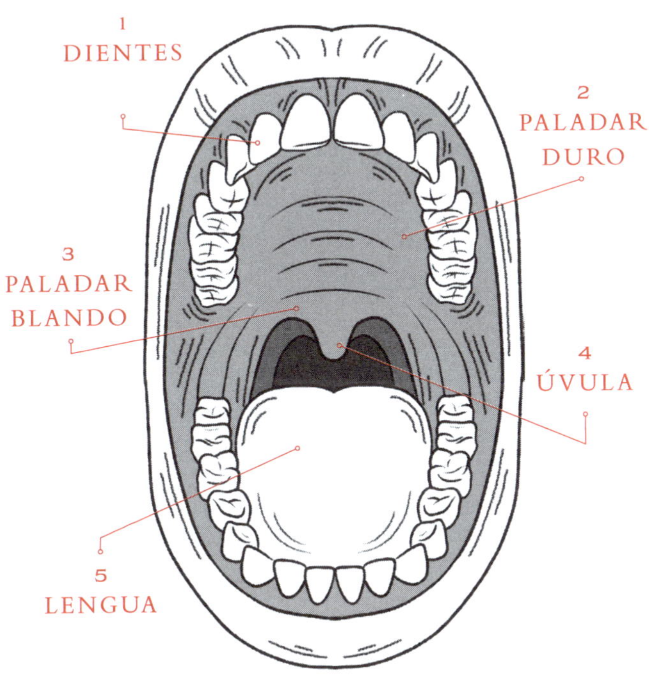

Lo que entra cambia al cuerpo.
Lo que sale cambia al mundo.

Entender el cuerpo humano
no me enseñó a evitar perder el tuyo.

Quiero dejar de quererte,
y para ello tengo que convertirte en mi enemigo.
Quiero odiarte,
necesito reinventarte,
armar un expediente de mentiras,
intentando que mi cabeza crea esta versión,
convencerme de que eres nocivo e indiferente,
una historia que justifique mi huida.

Te pienso cruel
y te me deshaces en bondad,
apareces intacto,
limpio e inocente,
ignorante al desastre que no supiste que dejaste.

Ensucio tu fotografía
esperando que el corazón no te reconozca,
pero al primer latido te defiende,
porque él recuerda dónde fue feliz.

Quiero odiarte, pero me faltan pruebas del delito.
No sé arrancarme del pecho lo que no me hizo daño,
no sé apagar lo que no arde,
no sé olvidar lo que nunca me hirió.

Y es que dueles porque fuiste bueno,
no hay villano a quien culpar,
no hay promesa que no hayas cumplido
porque tampoco las hiciste.

Qué imperdonable para mi tristeza
que no haya a quien condenar.

¿Quién es aquí el asesino?
o si que lo hay…
el destino, y mi necesidad irracional de buscarte
en donde ya no estás.

Duele porque no hiciste nada malo,
pero tengo que irme como si hubiera sido así.

De la imposibilidad de soltar a quien no hizo daño.

Consideraciones éticas del beso

I. Un beso puede iniciar sin intención, pero rara vez termina sin consecuencias.

II. Hay pacientes que jamás se recuperan del primero, otros, como yo, no se recuperan del último.

III. No importa cuántas cláusulas se firmen antes del contacto, ni cuántos acuerdos excluyan explícitamente al corazón, muchos procedimientos son autorizados por la razón, pero mal tolerados por el alma.

IV. Se considera negligencia besar sin intención de quedarse cuando el otro ya comenzó a hacerlo.

Donde comienza el dolor humano

He observado, con el paso de los años y de las epidemias, que la boca es la primera herida del ser humano. Al nacer, el cuerpo aún no sabe defenderse, sin embargo, la boca se abre en llanto, como si, desde ahí, hubiese conciencia de que vivir duele.

Pasa el tiempo, y esta no se vuelve a cerrar, es decir, sí, aprende a callar, a besar, a mentir, a pedir perdón, pero sigue siendo la misma abertura inicial por donde entra el mundo y por donde se escapa la melancolía.

Quizá por ello buscamos otra boca, como quien intenta cerrar con carne ajena lo que el nacimiento abrió sin preguntar.

Cuántos males nacen de ahí, por lo que ingieren y por lo que no escupen. El otro día, un paciente me dijo que le dolía el pecho, y la verdad es que dolía lo que ya no tenía oportunidad de confesar, palabras que, si no se expulsan, descienden hasta el esófago como un cuerpo extraño; lo que no se expulsa, se enquista; lo que no se llora, enferma.

Ay, los labios… cómo acarician y cómo lastiman, cómo ofrecen futuros sin que el corazón se entere.

¡Ay, la lengua! ¿Será ella la serpiente antigua, castigada a arrastrarse y que ahora se oculta en esta caverna que llamamos boca?

Con ella se construye una casa y se derrumba una vida.

Y en medio de esos extremos, entre los labios y la lengua…

¡Ay, el beso!

Besar, lo confieso, mi intento de silenciar el grito de aquel recién nacido que aún vive en mí.

Por el médico que buscó
respuestas en los libros y las
encontró en la boca de una mujer.

Qué pequeñito y qué tirano.
Él se enferma y el cuerpo entero se arrodilla.
David y Goliat (tú eres el gigante).

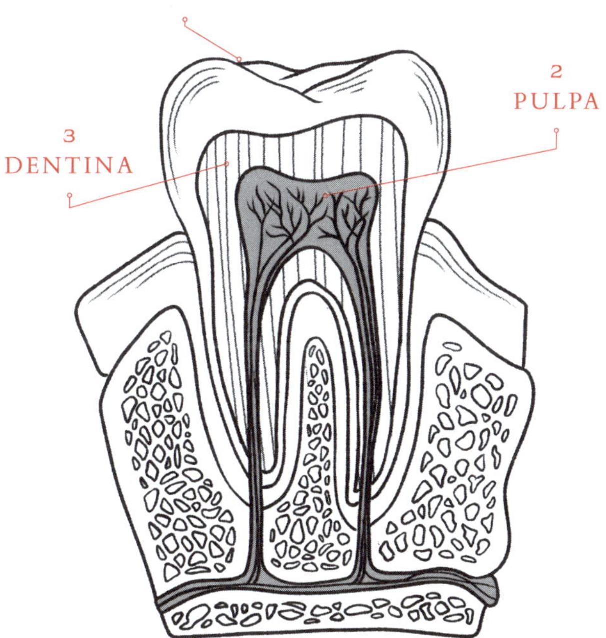

No le creo al poeta feliz.
No confío en el que toma la belleza que ya existe
y la subraya como si necesitara demostración.

No confío en el que usa la alegría
como si por sí sola requiriera auxilio.
Es pretender ayudar al sol
poniéndole leña por miedo a que se apague.

El poeta que me convence
no escribe desde la comodidad
y busca las palabras correctas para no ofender,
porque teme que le digan que *romantiza* la desgracia
y se esconde de escribir la tragedia como paisaje
porque en ella se reconoce.

¿Para qué quiero verte hablar
de tus veranos de la infancia,
con familia completa y sonrisa realista

descritas en metáforas surreales
para que crea en tus mejillas inocentes?

No me convence la autoayuda en la poesía.
El tender mi cama para que todo sea posible,
si busco armar, tomo el manual,
si quiero moraleja, agarro la fábula
y dejo al animal hablar por mí,
pero la vida no tiene instrucción
y la reflexión de la desdicha
es un consuelo manipulado para justificar
lo que no tenía razón de pasar.

No te creo,
poeta que miras la botella rota de tinto
y no piensas en tu sangre.
Dime que los cristales no te hablan
y que la herida solo es sentido figurado
y no una tentación.

Mírame a la cara
y confiésame que no le quieres escribir
a lo que nunca fue
ni conociste,
el odio exacerbado por despertar de un sueño
y no poder volver al tiempo y sitio donde sí te eligen.
A la risa que no es para ti,
que no causaste, que te abruma no haber provocado,
y te susurra que nunca fuiste necesario.

Hablemos del poeta envidioso
que no confía en el poeta feliz,
que le pesa la idea de que otros hayan llegado
a la poesía con las manos limpias
y no llenas de espinas.

Le incomoda pensar que alguien escoge crear por libertad
y no para sobrevivir,
que la escritura no surge de su miedo a desaparecer.
Este poeta que desearía cambiar su vida,
pero le aterra su versión menos dolida.

No confío en el poeta feliz
porque me da miedo aceptar
que la poesía nunca exigió sangre,
y que el precio lo inventé yo.

Un día lloré tanto,
que, para no morir, aprendí
a respirar bajo el agua.

En la ingeniería del cuerpo se nos puso la lengua detrás de los dientes para que no haya excusa de que no tuvimos nunca una puerta para encerrarla.

Lengua

Puede dar forma a una palabra o a un orgasmo.
A veces en el mismo minuto.

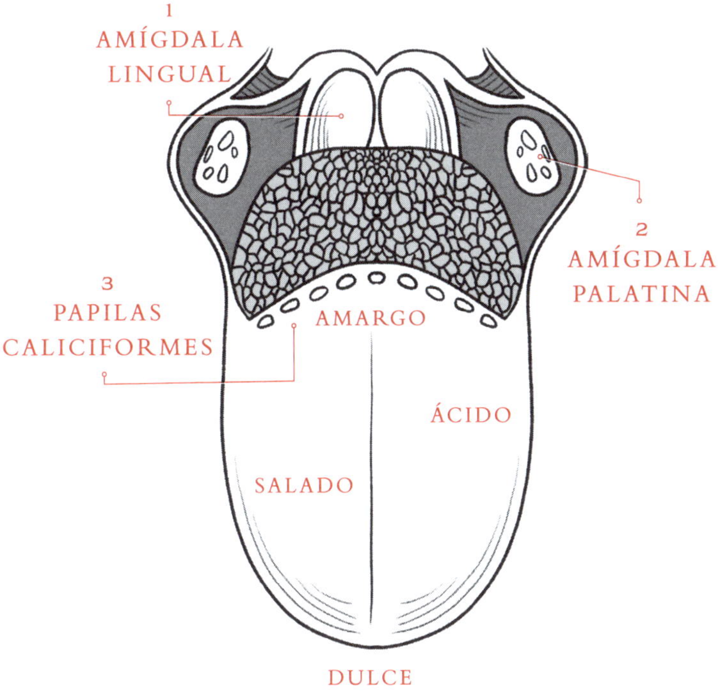

1
AMÍGDALA
LINGUAL

2
AMÍGDALA
PALATINA

3
PAPILAS
CALICIFORMES

AMARGO

ÁCIDO

SALADO

DULCE

Herida fonética de grado letal

No hubo golpe,
ni arma visible,
pero el disparo me dejó en pedazos conminutos.

Dime ¿cómo se consolida este desastre?

No es un rompecabezas de dificultad avanzada,
es peor…
¿cómo sabré qué partícula de polvo
encaja con otra si ni siquiera conserva color?

Abramos el manual,
el del revolver, el de la lengua.
El tamaño exacto de la bala,
el peso de la palabra,

la cantidad de pólvora,
la distancia justa entre decir y matar.

¿Ya adivinas quién me hizo esto?
No hay sangre y eso confunde a los testigos,
también a mí,
porque si no hay sangre no debió ser tan grave.

Palabras que son aire,
¿cómo lograron atravesarte?
Tú decides qué dejas entrar, me dicen en terapia,
pero si lo que quiero es dejarlas afuera,
yo no les abrí la puerta,
no alcancé a cerrarla, que no es lo mismo.

No le pidas imposibles a la fisiología.
Oído, ten voluntad.
Sistema nervioso, ten ética.
Sinapsis, consulta primero.

¿Ves lo absurdo?

Cuello

Aquí conviven el amor y el daño.

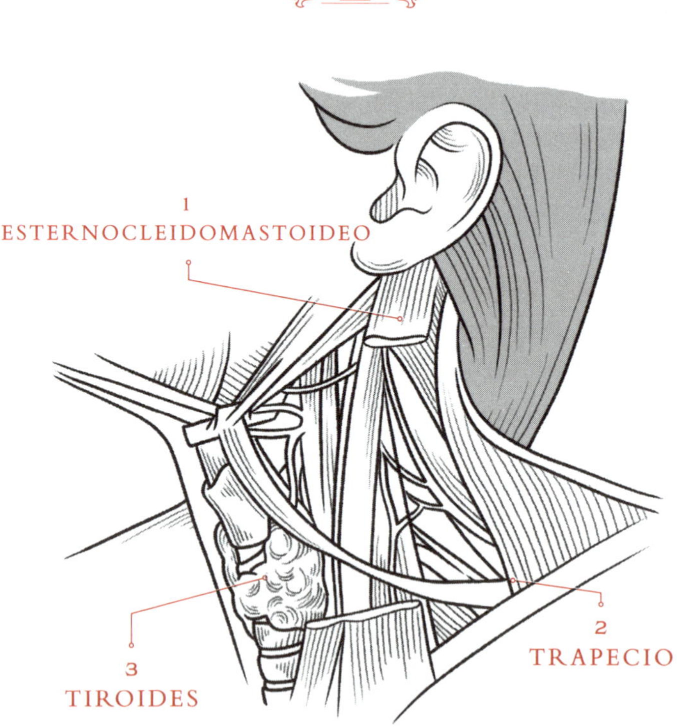

Beso tu cuello en el punto donde pasa tu vida tan cerca como tu muerte.

Última observación sobre un cuerpo que ya no responde a mi tacto

No vengo a reclamarte la vida que construirás sin mí. No soy tan insensato. Entiendo que ya no me corresponde tu mañana, ni el hogar, ni tu próximo baile. Cuánto daría por conocer todas tus futuras maneras de existir, pero al no poder y yo aprender a resignarme, vengo a pedirte una última cosa, si es que tengo aún derecho de pedir, si queda algún rincón donde el afecto hacia mí aún no ha sido desalojado, te ruego:

Ahora que tu corazón vuelva a querer…

Clausura esa partecita del cuello que yo descubrí que es capaz de hacerte rendir. No le enseñes esa canción, no la pongas ahora que otras manos irán al volante, no frunzas la nariz como lo hacías cuando no entendías mis explicaciones, no hagas esa pequeña pausa que detiene el corazón antes de dar la última estocada para ganar la discusión. Ama de nuevo, tienes el derecho, ¿cómo habría yo de impedirlo? Pero no con la misma risa, cariño, no con las mismas palabras, no con esa versión que me diste a mí. Esa, regálamela, por favor.

No te tendré. Déjame esto, te lo ruego.

No poseo tu futuro, por favor, no me arrebates tu pasado. Permíteme creer, aunque sea en mi delirio, que algo de ti murió conmigo.

Mi riesgo de recaída es ver una sonrisa conocida al lado de un rostro ajeno.

No sé reconocer un amor sano.
¿Quién me lo enseñará para que sepa
cómo se siente?

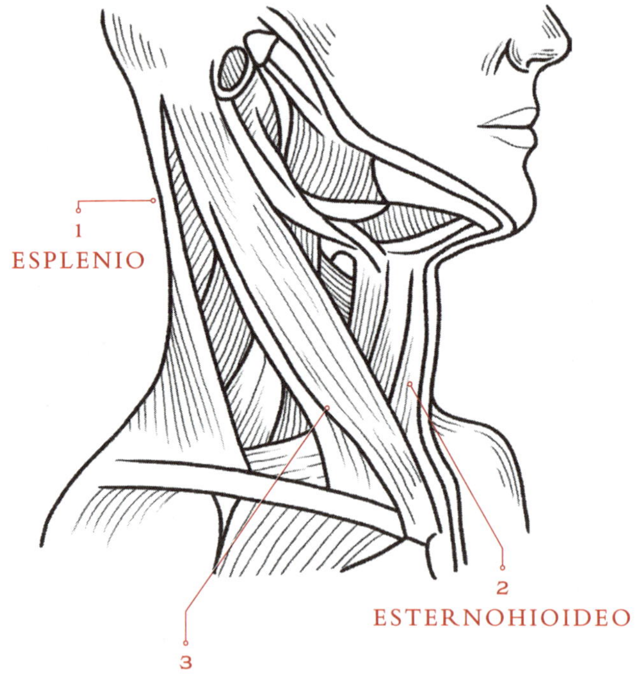
1
ESPLENIO
2
ESTERNOHIOIDEO
3
ESTERNOCLEIDOMASTOIDEO

Me recetaron distancia,
pero olvidaron avisarte.

Hay formas de amor que no se repiten.

Como esas enfermedades raras que, aunque comparten similitudes con otras, no son lo mismo. Necesita un nuevo nombre, un nuevo estudio. No pretendo, amor mío, erigirme en pedestal que no me corresponda. Pero yo te amé con una minuciosidad que, con fatiga y desvelos, la vida me enseñó, preparándome para ti.

Amé tu fiebre y amé saber su causa.

Amé observar la microscopía de tu incendio.

Amé distinguir en ti lo fuerte y lo frágil.

Fui devoto de la numeración de tu vida: en pulsos, en presión, en glóbulos, en respiraciones por minuto.

¿Quién, después de mí, podría amarte así?

El que venga, sí, sabrá besarte la frente. Pero no sabrá cuándo tu temperatura miente. Sabrá tomarte la mano, sí. Pero no conocerá la arteria que late bajo sus dedos. Te amé sin tocar lo que no debía y besando todo lo que dolía.

Tal vez alguien te ame con libertad,
tal vez alguien te ame sin miedo…
tal vez alguien te ame sin saber.

Pero yo te amaba desde lo más pequeño que te compone.
Porque yo no solo quise tu vida,
yo quise entenderla.

Pronóstico reservado. Para ambos.

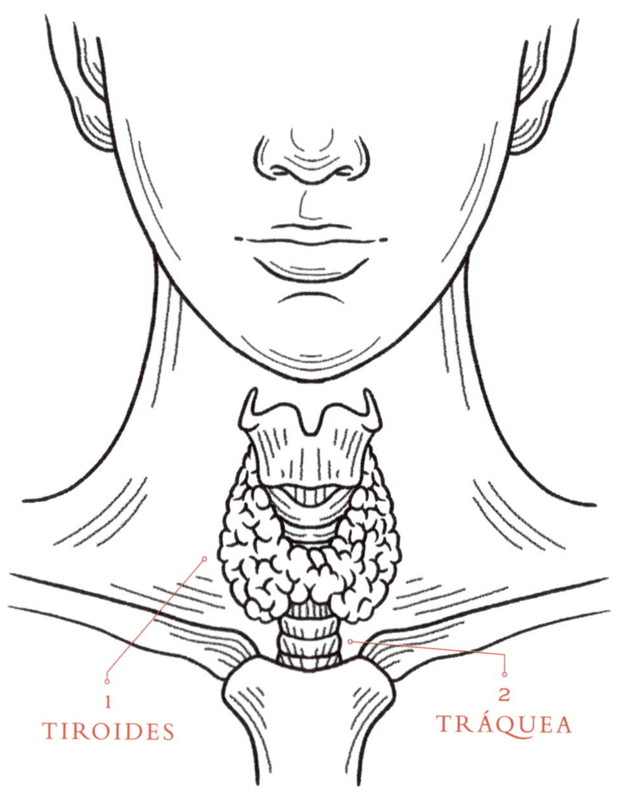
1
TIROIDES
2
TRÁQUEA

¿Cómo se le llama
a aquel que aprende al ver morir
a quienes confiaron en él?

Todos insisten en que me queda vida. Argumentan que soy joven, aún estoy a tiempo, puedo amar y volver a pertenecer. Que la vida puede comenzar un lunes cualquiera, o dos veces el mismo día, si se decide.

¿Cómo volver a hacerlo? ¿Cómo entregarse de nuevo cuando uno ya fue enterrado vivo en una mirada? Porque allí, en sus ojos, viví, morí, fui sepultado y con las uñas escarbé más adentro.

Desde entonces no hay manos ni máquinas que puedan exhumarme.

Compréndanme: me entregué entero y desconozco formas de volver a hacerlo.

No pude cumplir un «para siempre juntos», permítanme cumplir un «para siempre te amo».

Alguien que no sabe de enamorarse dos veces.

Cráneo

—¿Quién odia a un hijo porque se parece a él?
—El artista.

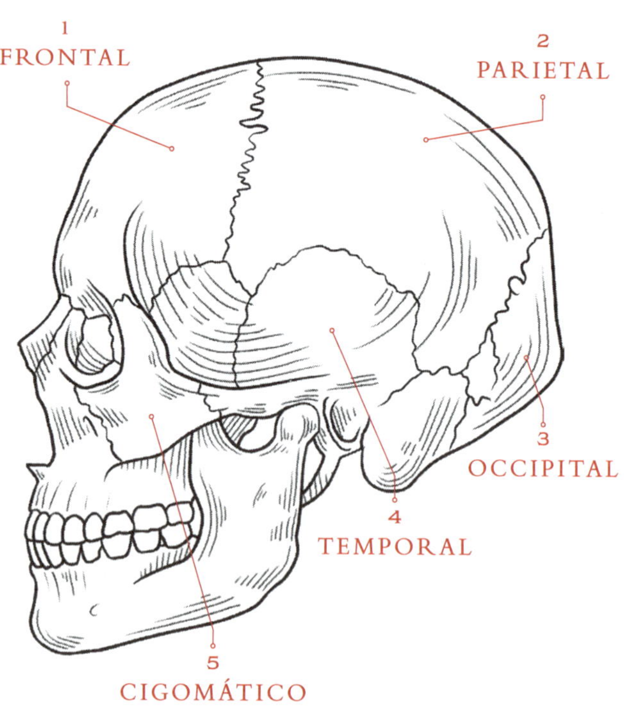

Ve su creación y ve sus huellas en el resultado, algo tan suyo, torpe y defectuoso. Y lo mutila una y otra vez esperando que deje de parecerse a él.

Reescribe, deshace, inconforme consigo, persigue una versión ajena de sí, pero ¿en qué momento de la práctica se deja de parecerse a uno mismo?

Síndrome del impostor.

De arte y medicina

Nunca quise ser artista. Desde joven preferí lo comprobable, leer y anotar lo que existe y no lo que en un mundo alterno podría estar.

Me volví médico, porque, según yo, sería más útil que un músico, o que el que dibuja amapolas en el esternón. Sin embargo, después de todo lo abierto, todo lo muerto y lo aprendido, me encuentro envidiando al pintor.

Pesé un corazón y lo encontré completo. Él lo mostró mutilado, y se atrevió a ponerle una quinta cavidad para encontrar un adiós no diagnosticado.

Donde yo vi un cráneo, él vio una cúpula astronómica en donde un hombrecillo encarcelado le pone nombres a las estrellas.

Da Vinci me ha dicho *donde el espíritu no trabaja con la mano, no hay arte,* y yo les digo *donde la mano cura sin espíritu, no hay medicina*.

¿Quién cura mejor?

No lo quiero decir con certeza, pero sé que el arte toca lo que nosotros apenas rozamos.

Estudien anatomía, pero miren pinturas.

Practiquen disecciones, y también poemas.

Obsérvenlo todo como si fuera lo más cotidiano y también como si fuera la primera vez.

El ojo entrenado por el arte ve mejor los signos del cuerpo enfermo, la mente cultivada en poesía escucha mejor al paciente que no sabe explicar sus síntomas.

Arte y medicina, la forma más maravillosa de comprender la vida.

Yo no te pido que seas artista, pero sí que no seas ciego.

Porque hubo una paciente a la que no supe mirar...
y ahora solo la entiendo cuando de ella escribo.

Sobredosis de información

¿Cómo se descansa después de saber?

Un día, la curiosidad deja de ser puerta,
se vuelve cárcel, después, adicción.

Conocer endurece el alma
cuando ya no sabes qué hacer con la información.

Escuchas una tos: ves el futuro,
sabes qué vértebra cruje al despertar
y el capítulo que seguirá si no lo atiendes,
sientes la fatiga, y tienes dieciséis posibles diagnósticos,
la mitad sin cura.

Cuando una madre aprieta mis manos y reza,
yo ya conozco el silencio que vendrá después de su plegaria.

Hay rostros que sonríen con esperanza,
y yo solo puedo ver el tiempo que les resta.

Me piden consuelo,
y yo respondo con palabras que ya no creo.

«Todo estará bien», digo.
Pero sé que no es cierto.

Una vez que conoces,
te conviertes en oráculo de todo lo que sabes que va a fallar.

Y mientras acompaño a otros hacia el final,
también cargo con el mío.
Porque sé demasiado sobre este cuerpo que habito.

Miro con recelo al que desconoce
porque aún duerme.
El saber te hace libre.
¿Por qué me siento acorralado?
No hay peor juez que una mente sobre informada.

Quiero devolver lo aprendido
para comer sin culpa,
criar sin culpa,
caminar sin culpa,
vivir sin culpa.

La ignorancia parece la última forma de encontrar la paz.

No quiero más respuestas, quiero el alivio de *no* saberlas.

Templo viviente, ¿qué manos te han edificado?
Si conocieras tú los planos de tu creación, no permitirías que entren al altar con zapatos.

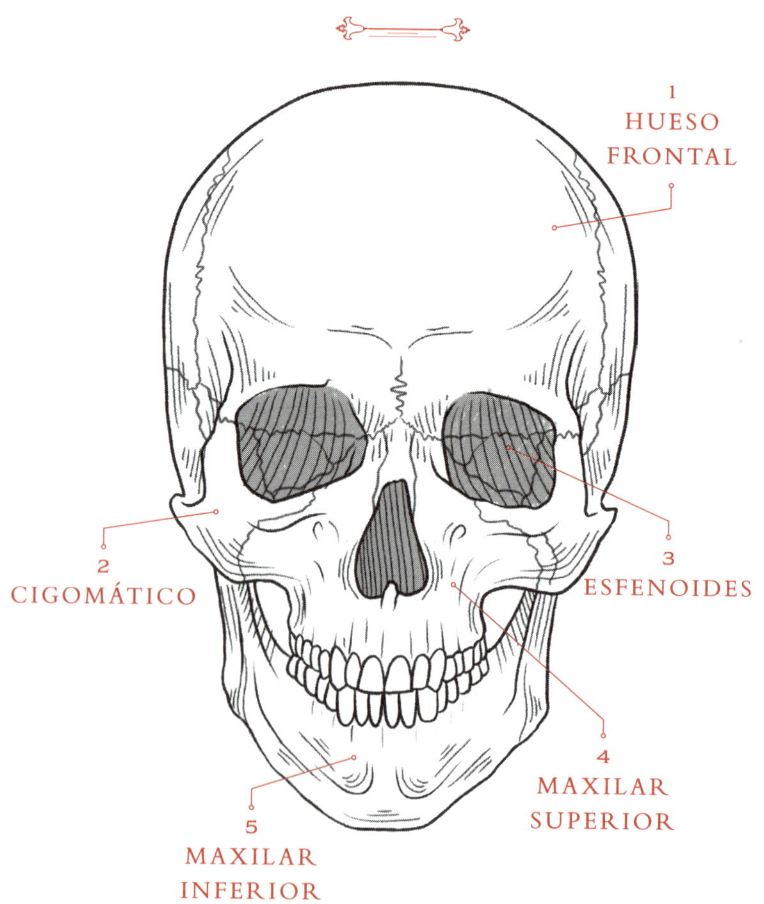

No te preocupes…
ya casi te olvido,
solo me faltan tres vidas más.

Una para desaprender tu nombre
y limpiar de a poco
todas las huellas de la personalidad
que tomé prestadas de ti.

Otra, para dejar de defenderte en mi cabeza,
para que tu nombre no tenga abogado
que exime de culpa al que se fue
por el personaje que era cuando lo conocí,
como si el pasado
fuera coartada suficiente
para el daño presente.

Otra, para dejar de creer
que si hubiera dado más amor
podía cubrir la falta del tuyo.

Descuida, mi amor,
en breve te olvido.

Un folio suelto.

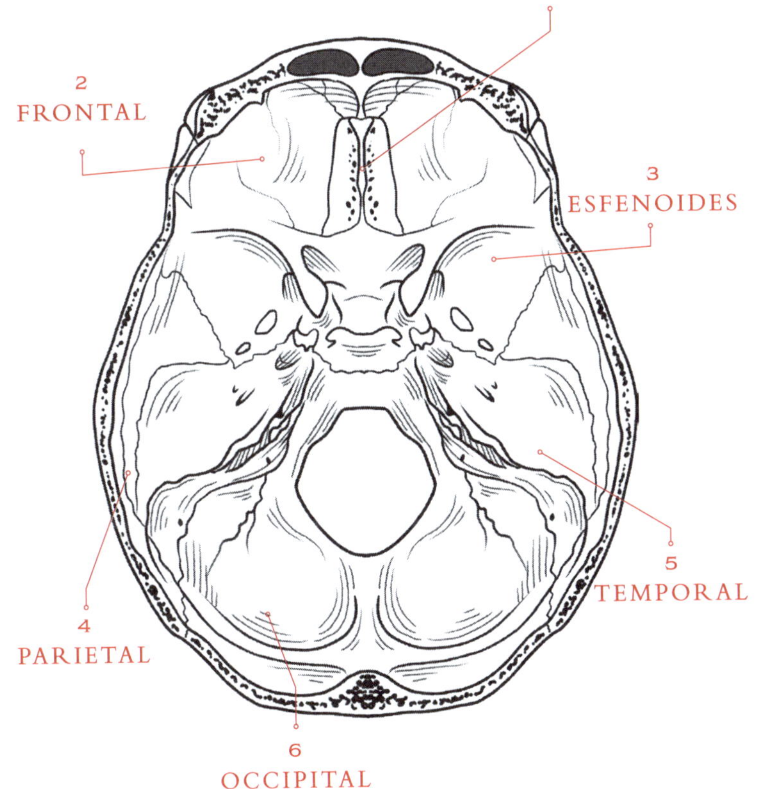
1
ETMOIDES
2
FRONTAL
3
ESFENOIDES
4
PARIETAL
5
TEMPORAL
6
OCCIPITAL

Era bella, pero me enamoré de su corazón: nunca aprendió a ser cruel, aunque siempre le sobraron razones.

Escala de Glasgow

¿Mi nivel de conciencia?
Respondo a estímulos si vienen de ti.
A otros no abro los ojos,
a tu voz, sí.

¿Obedezco órdenes?
Las tuyas,
las que mi cuerpo interpreta
cuando me miras sin hablar.

¿Mi respuesta motora?
No es exacta, pero tiembla hacia ti.

Si mi respuesta verbal falla,
escucha mi respiración,
ahí todavía hablo.

La puntuación máxima es quince,
pero yo me muevo entre el diez y la fe.

La conciencia no vuelve por estímulo,
vuelve por alguien…
¿y si dejas de contar reflejos
y empiezas a contarme que importa que siga aquí?

Post Mortem

El mismo que sabía reparar mi
corazón,
terminó de romperlo.

A ti te confío mi cuerpo sin vida,
porque fue más tuyo
que lo que me respondió a mí.

Si abren mi pecho,
no nombren la causa que dicta el manual,
mi corazón no se rindió,
a mi corazón lo cansaron.

Y si algo en mí tiembla,
no digas reflejo *post mortem*,
describe cómo mi alma se rehúsa a abandonarme.

No remuevas los pétalos secos,
ahora que sabes que eran
disculpas tardías
para mí misma.

No acomodes mi cuerpo
para dar apariencia de muerte tranquila,
no la tuve, y no finjas.

Entiérrame con algo tuyo,
llévame al sepulcro con dignidad,
como quien cubre un secreto con respeto,
no con la urgencia de eliminar un error.

Llórame, solo si quieres,
pero hazlo despacio,
el corazón llora cuando se queda con tanto amor
y sin lugar en dónde ponerlo.

Si hablas de mí,
hazlo bajo juramento,
no maquilles mis pecados,
di la verdad de mis heridas,
no inventes redención tardía
para que duela menos recordarme.
No me vuelvas perfecta ni buena
y si fui un monstruo,
que todos lo sepan.

En tu recuerdo quiero seguir viva,
en el mundo ya he terminado.

Que la autopsia diga lo que quiera,
a mí me apagó la vida antes que la muerte.

El maestro de Anatomía se arrodilló ante tu arquitectura.

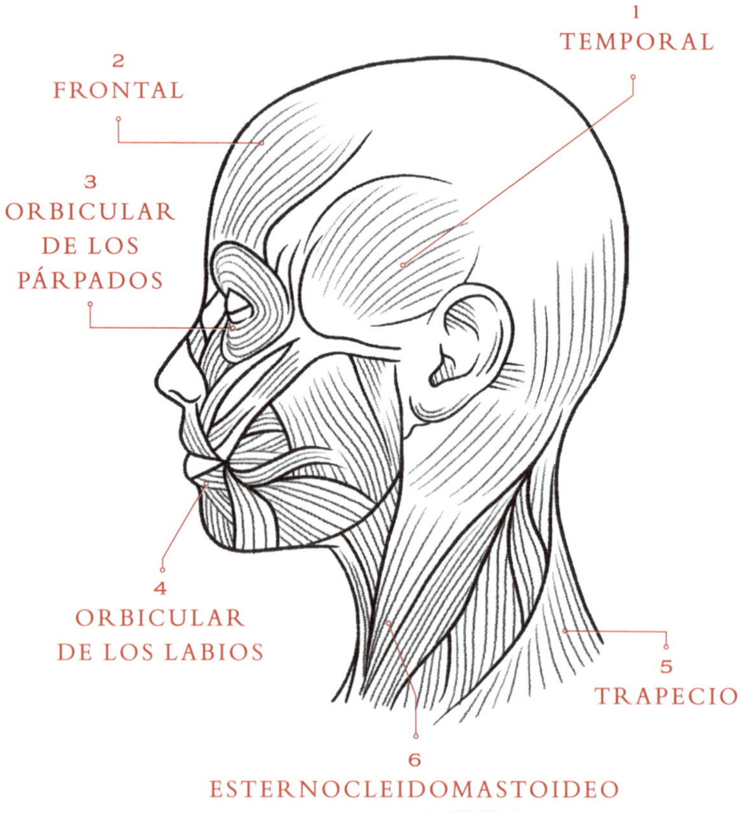

1
TEMPORAL

2
FRONTAL

3
ORBICULAR
DE LOS
PÁRPADOS

4
ORBICULAR
DE LOS LABIOS

5
TRAPECIO

6
ESTERNOCLEIDOMASTOIDEO

Primero vas a una fiesta de disfraces por curiosidad, después por costumbre, y al final no regresas.

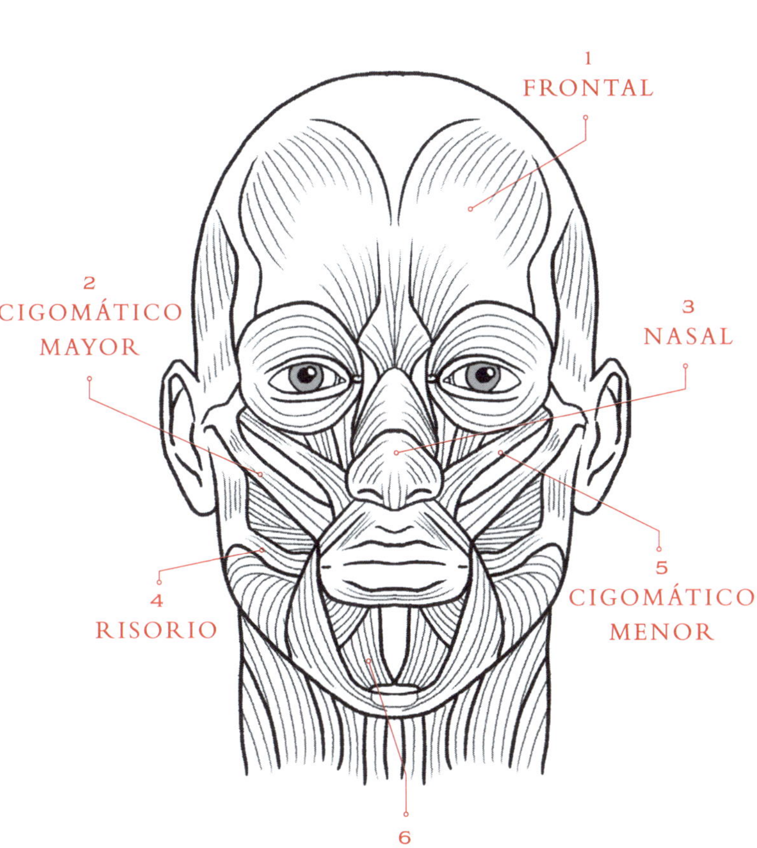

Te escucho hablar de él,
sereno, como me obliga mi oficio,
y mi corazón exigente, desesperado, inoportuno,
    indisciplinado,
quiere interrumpir,
levantar la mano,
presionar para detener la hemorragia,

hacer una pausa.

Ilusiones que se amontonan en tu pecho,
mariposas que se escapan de tu boca.
Se me desmoronan los sueños,
me hierve el cerebro,
tu voz me apuñala el estómago.

Él no,
ese camino no, ¿qué tiene?,
¿por qué lo eliges?

No es mi papel,
ni mi derecho,
ni mi posibilidad para competir.

Prosigues como si no me estuvieras enterrando vivo,
como si no estuviera aprendiendo en este instante
a perder lo que nunca ha sido mío.

Él puede tocarte,
yo solo observarte,
escucharte y preguntar.
Y con eso, ¿cómo te sientes?
Y, por dentro, ordenar a mis latidos
que vuelvan a su lugar.

Un intruso camina por el jardín reforestado.
Un bandido llegó a la escena cuando ya no había sangre.
Ladrón, ojalá sepas el precio de recoger flores que fueron
nacidas de lágrimas.

¿Llegué tarde?
No, llegué antes,
con una máscara,
un disfraz apretado
que me quita la respiración y el valor de detenerte.
¿Por qué no fui yo?

El psiquiatra no interviene en el amor.

Quizá escuchar tu historia con otro
es mejor a no tener ninguna parte tuya.

Paciente se muestra más animada.
refiere haber comenzado a salir con alguien.

DIAGNÓSTICO ACTUAL:

Evolución positiva.

~~*¿Quién me ha robado tu amor antes de poder ganarlo?*~~

CAJA TORÁCICA

Me disparaste directo al pecho porque en tu historia el que no se defendía terminaba muerto.

TÓRAX

El órgano más expuesto de todos,
escondido entre huesos que fingen protegerlo.

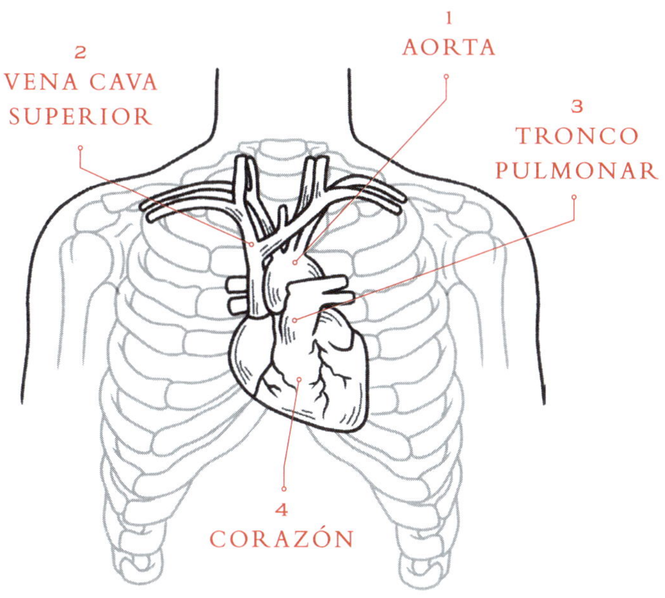

Ojalá hubieras muerto,
no porque lo merezcas,
pero yo no merezco este infierno.

Caminas por las calles donde ya no te alcanzo,
¿cómo no voy a buscarte?
Preferiría vestir de luto,
que sonreír en tu presencia fingiendo que no me faltas,
tener este recuerdo tormentoso
donde un día dices que tu corazón,
sin más, decidió dejar de amarme y mudarse con otro.

¿Qué te ofrecieron que a mí me faltó?

Morir habría sido mejor,
una despedida digna y formal,
donde no me quitaras la libertad de habitar mi ciudad,
los muertos no vuelven, pero tú…
si voy a esa esquina,
seguro estarás,

si voy al café de la salida,
seguro estarás,
mis caminatas de los domingos,
estarás.

Y, ¿sabes?,
tengo que sobreponerme
porque un luto a un vivo no se entiende.
El luto al muerto, al menos se respeta.

Ojalá hubieras muerto
para decir: la perdí, fue trágico, no sé si pueda superarla.
En lugar de: me dejó, fue martes, se confundió.

Porque si hubieras muerto,
podría tatuarme tus últimas palabras,
tendrían el suficiente valor para desear inmortalizarlas,
y no entrar al programa de lobotomía
para intentar que me arranquen tu confesión de desamor.

Reprimo mi anhelo,
como mis lágrimas,
y deposito aquí mi culpa.

No, mi amor,
ojalá nunca mueras,
ojalá solo te cambies de ciudad.

Caso aislado

Nunca voy a entender del todo como es que se va el amor.

Te explico, las veces que el amor se me ha agotado es porque me obligaron. Y uso la palabra *agotado* para no humillarme, porque siempre me queda un poco.

Cuando se me ha disminuido, ha sido con esfuerzo, es porque me mintieron veinticuatro veces en un día, porque me dejaron esperando treinta y dos días durante un mismo mes. *Necesito acumulación de daños*.

Por eso no entiendo cuando alguien dice que ha dejado de quererte solo porque cambió la estación, porque llueve más, porque el último verano fue muy corto, ya no llega el invierno o no se va el otoño.

El que se va sin causa,
¿amó alguna vez?

Siempre donante, nunca receptor.

El amor no se va,
se lo llevan.

Encerrado en una jaula de hueso, el corazón siempre encuentra formas de escapar. Lo he visto huir por los ojos, por las manos, por la voz.

CORAZÓN

Si acercas el estetoscopio al corazón de un artista, ¿se escuchan latidos o psicofonías?

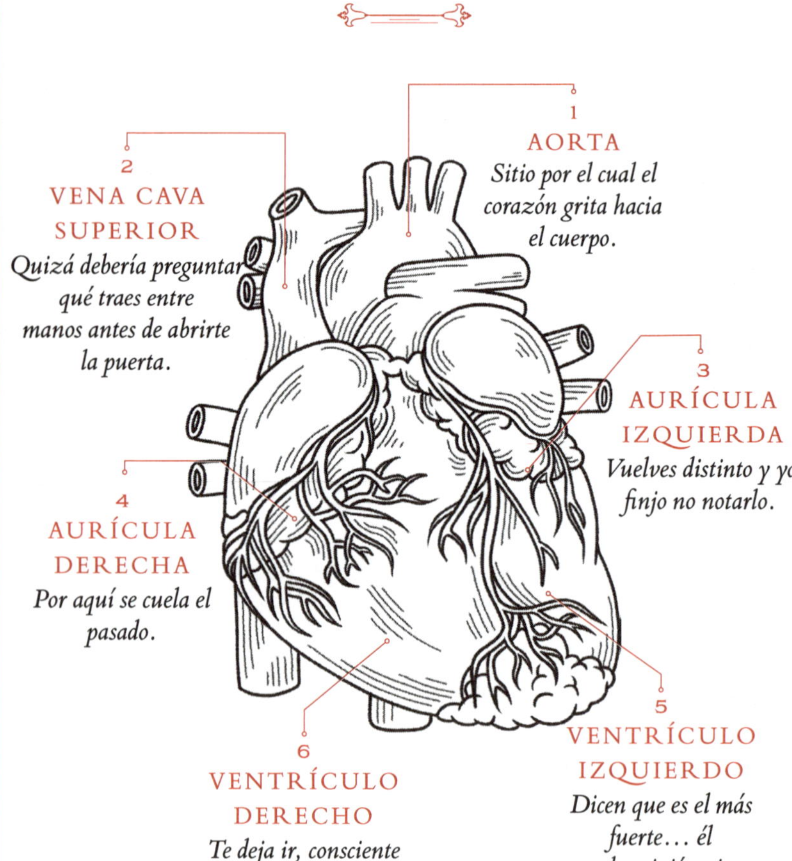

Yo, que disequé el corazón, hoy
confieso que nada sé de él.

Logré que corazones de mis pacientes se quedaran más
tiempo del que les habían pronosticado,
¿por qué no pude hacer que el tuyo
se quedara un poco más conmigo?

—Mi paciente no ha sangrado últimamente, me preocupa. Sospecho que tampoco está escribiendo.

Si te inventé un corazón, perdóname.
El pecho me dolía tanto
que necesitaba creer que el amor
existía en otro lado.

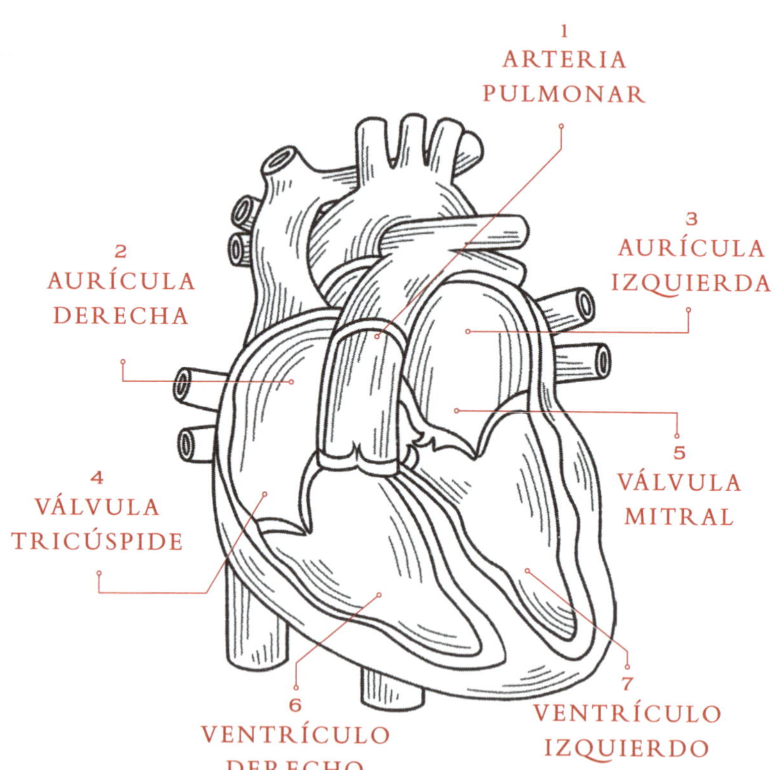
1
ARTERIA
PULMONAR
2
AURÍCULA
DERECHA
3
AURÍCULA
IZQUIERDA
4
VÁLVULA
TRICÚSPIDE
5
VÁLVULA
MITRAL
6
VENTRÍCULO
DERECHO
7
VENTRÍCULO
IZQUIERDO

Datos curiosos del corazón

I. El corazón adulto pesa al alrededor de trescientos gramos y es capaz de almacenar personas que pesan más de sesenta kilos.

II. El amor no se ve en radiografías, pero sí en el ritmo cardiaco.

III. En la infancia, el corazón ocupa mayor espacio en relación con el cuerpo, la etapa en donde aún creemos que existe el amor.

IV. El músculo cardiaco no se regenera, ¿por qué tras una herida nos exigimos recuperarnos con una rapidez que el corazón no puede?

V. El corazón genera su propia electricidad, su ritmo no depende directamente del cerebro. ¿Ya comprendemos por qué siempre están en desacuerdo?

Disociación temporal: recuerda a la persona en momentos críticos

La memoria del corazón
es más fuerte que la mente.

Yo suelo olvidar todo. El otro día me olvidé de ir a recoger mi título y lo devolvieron. He perdido las llaves de la casa treinta veces, el cerrajero y yo nos hemos vuelto amigos desde la tercera vez que en la noche le marqué e imploré que viniera a salvarme o dormiría afuera.

He olvidado la contraseña del banco un viernes a las tres, después de haberla escrito durante tres años, de pronto se me borró, como si acabara de inventármela.

Olvido muchas cosas de las que depende mi vida: mi tipo de sangre, mis alergias a la comida, mi matrícula, mi número de teléfono, y el de la policía, aunque consta de cuatro cifras.

Y a ti…

De ti te recuerdo el número de pecas en los hombros, izquierdo y derecho. Te recuerdo cuando estoy seguro de que te he olvidado, cuando despierto con ganas de volver a enamorarme, cuando quiero no volver a hacerlo.

Te recuerdo justo el día en el que debo pagar las cuentas, y termino pagando recargos, porque al pensarte me olvidé de lo demás.

Tengo distorsionada mi lista de prioridades, porque el mundo me repite que debo estar yo primero, y claro que me coloco ahí, pero vienes y me quitas el puesto.

¿Cómo peleo contra eso?

¿Peleo conmigo o peleo contigo?

Olvido lo urgente, pero nunca a ti. Qué mal gusto el tuyo de siempre haber llegado tarde a todo, pero para mi mente ser tan puntual.

Médico de la mente, paciente del recuerdo.

La memoria del corazón

Se ha observado que el corazón, en sus últimos instantes, ejecuta un fenómeno conocido como «latido agónico». Justo antes de morir, intenta latir una última vez, mas no para salvar la vida, late porque siempre ha sabido hacerlo, no es un llamado a la esperanza, es una respuesta automática, memoria fisiológica. El corazón no sabía hacer otra cosa.

A veces creo que mi amor por ti es eso: un movimiento involuntario de algo que no existe. No hay futuro, pero es lo que he sabido hacer. Este amor no va a salvarnos, solo es un espasmo, una despedida de este, mi mal hábito.

Tal vez ya no te amo,
solo recuerdo cómo te amaba.

PULMONES

Dicen que los ojos no mienten, pero yo pienso que son los pulmones. Si hay dolor, respiran aprisa. Si recuerdas, ellos suspiran, si hay amor… se quedan sin aire.

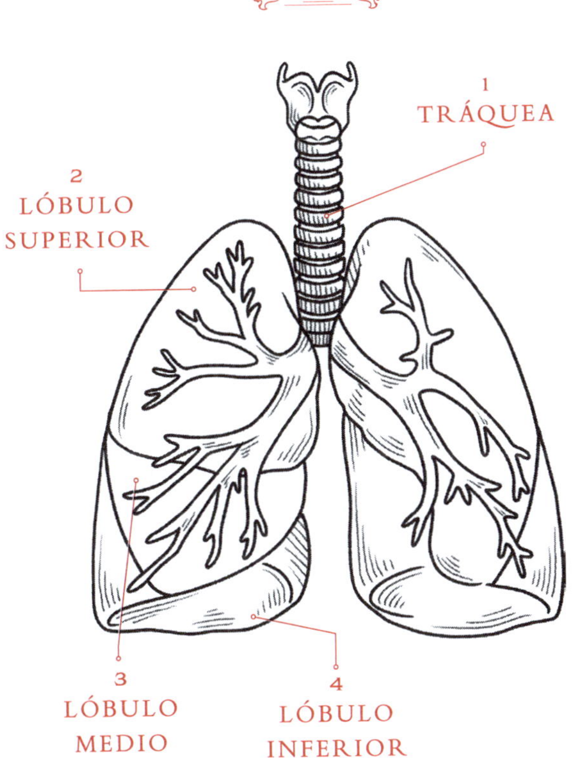

Entre más vidas salvo,
menos sé qué hacer con la mía.

Mi niña se pone el abrigo de su padre,
lo arrastra y lo ensucia,
le pesa y la hace encorvarse
con él lleva el frío de otros inviernos
habitando en su espalda,
sus pulmones, aún pequeños,
respiran polvo de historias prestadas.

Las mangas le cubren las manos,
ya no veo sus pestañas jugar con el viento.
Esa prenda le enseña a esconderse,
a andar muy lento.
Ya no juega,
ya no salta.
Mi niña, ¿de qué es tu disfraz?

En los bolsillos encuentra palabras duras,
una promesa vencida,
cuentas con recargos,

problemas para los que llegó temprano
y un botón de ira.

Mi niña camina hacia afuera,
con una ropa que no le queda.
Pequeña,
no resistas el mismo frío
que a él lo volvió piedra.

Un corazón obligado a crecer demasiado pronto al darse cuenta de que la casa dependía de él.

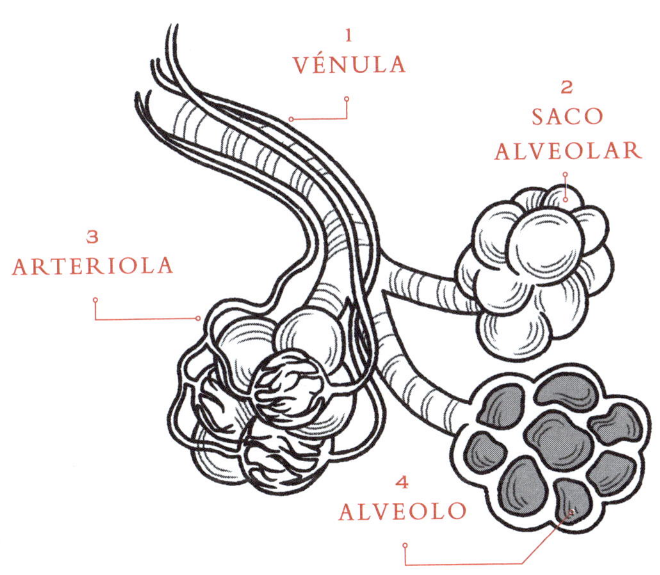
1
VÉNULA
2
SACO
ALVEOLAR
3
ARTERIOLA
4
ALVEOLO

Costillas:
Jaula del corazón.

COSTILLAS

De mi costado saliste,
pero a mi corazón perteneces.

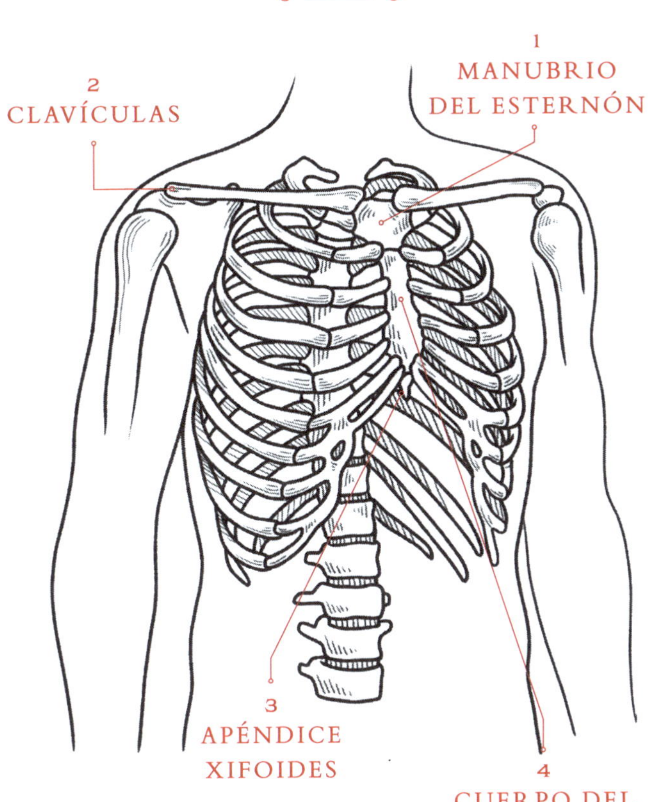

Criatura imprudente, eres el único animal que insiste en acercarse al fuego. Te curas las heridas solo para prepararte para la siguiente. Tonto corazón, tropezando dos, tres, cuatro veces con la misma piedra. Insensato corazón, ¿por qué te llevaste a tu casa la piedra?

Éramos del mismo ejército,
pero hablábamos lenguas distintas
y terminamos disparándonos por miedo.

Creí que mi amor podría repararte.

Que podría desconectar los cables
que llevaban años marcando la cuenta regresiva de la
explosión.

Creí que podría añadirle más tiempo a tu reloj
antes de que sonara la alarma que nos despertara.

Quise entrar en tu desierto a sembrar botones de flores
en la arena.
Ponerles nombre a tus fantasmas,
sentarlos a la mesa,
dialogar con ellos
dispuesto a firmar un tratado de paz.

Creí… que si yo te ofrecía un pecho donde recostarte
tu corazón entendería que ya no debe vigilar la puerta.

Mi amor mortal, ¿Derrotaría a la vida acostumbrada a
dormir con un ojo abierto?
¿Podrían mis manos empapadas de miel
contra tus años en los que pintaste las paredes con sangre
y no con crayones?

Yo, de niño, jugaba a las escondidas,
y tú a esconderte de verdad.

¿Podría mi voz escarchada de almíbar construirle mundos
a la niña que jugaba a sobrevivirlos?

Mi amor, grande, pero limitado,
un arrogante que creía saber dónde poner el beso para
sellar la fractura.

Pero, mi amada, no estaba rota,
mi amada estaba blindada,
no podía saber en dónde terminaba el metal,
y comenzaba su piel.

PRONÓSTICO:

Estabilidad con armadura.
Su extracción compromete funciones vitales.
Riesgo letal sin ella.

Ten cuidado con ese cansancio
que nace
de no estar presente en tu propia vida.

Con esas ocupaciones urgentes
que te cuelgas en la espalda,
para ocultar que estás huyendo.

¿Cuántos logros más
para que confieses que estás ignorando a tu alma?
Un, dos, tres por ti que estás detrás
de esas dieciséis ocupaciones obligadas.

Te refugias en la prisa,
te anestesias con pendientes,
es más sencillo estar ocupado
que estar contigo.

Agenda llena,
manos llenas,
la cabeza ocupada,
y el corazón tan vacío.

Individuos con manos ágiles y ojos apagados.

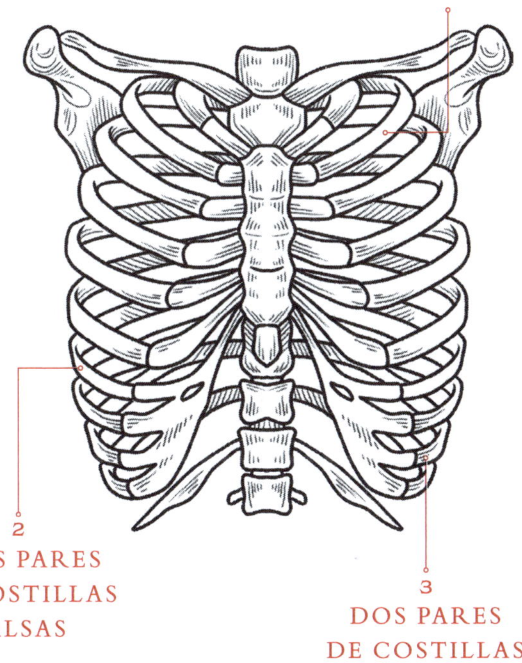
1
SIETE PARES
DE COSTILLAS
VERDADERAS
2
TRES PARES
DE COSTILLAS
FALSAS
3
DOS PARES
DE COSTILLAS
FLOTANTES

Esternón, ¡estás despedido!
¡Se supone que tenías que cuidar
al corazón!

ESTRUCTURA ÓSEA

Si no puedes creer en un mañana,
hoy, por un momento, cree en mí.

COLUMNA VERTEBRAL

El orgullo de la arquitectura humana.

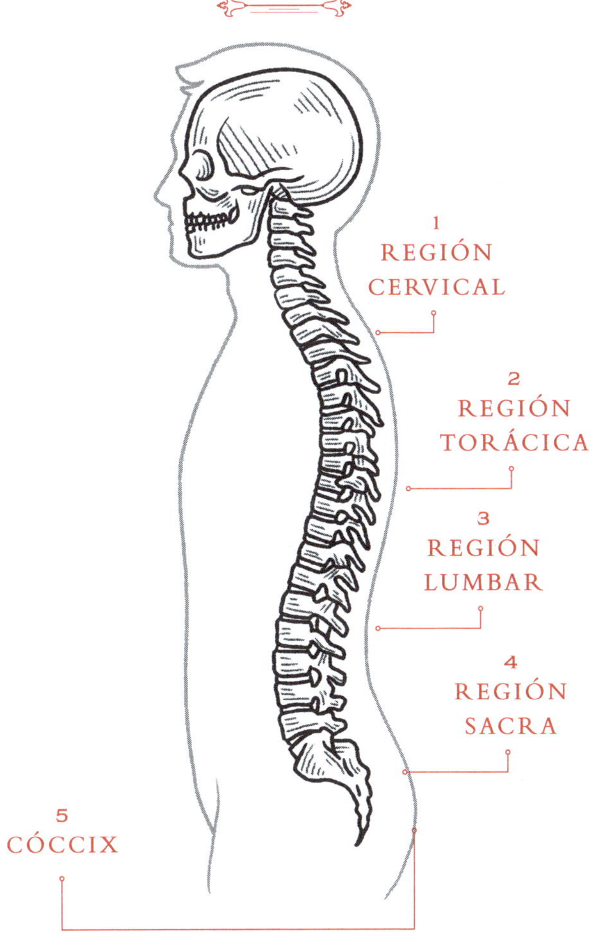

No usaré un vestido blanco
porque ese sueño nació contigo.

No creía en el matrimonio,
finales felices,
juramentos irreales,
palabras eternas en bocas cansadas,
el compromiso de hacerme cargo de ti
y tú de mí.

Ser tu primera llamada en una emergencia,
ser a quien busques cuando me declaren culpable.

No me detendré a ilusionarme en los aparadores,
ni a preguntar por uno de ellos,
ni a sonreír cuando me digan *pruébatelo*.
Lo siento, es un sueño que ya no me queda,
no puedo estar prometiendo *por siempres*
a cada persona que supongo querer,
contigo los gasté.

Contigo solo quería un café después de firmar el papel,
el alivio de decir:
a él quiero ver mañana, y al día siguiente,
y el resto.

Estaba muy segura de ello.
No quería flores, ni salón,
ni música,
pero quería que me vieras de blanco,
un recuerdo de ambos,
de que, sin altavoces
ni luces
nos elegimos,
de que, aunque no creyéremos en la ceremonia,
lo haríamos en pequeño, *por si acaso*,
por si un día el mundo quería saber
lo que nosotros sabíamos.

Pero ya no lo usaré,
no puedo estar visualizándome con un rostro diferente
por este tonto corazón fácil de entregarse.
Mi imaginación debe tener dignidad.

No era el vestido,
era que tú estuvieras esperándome.

Después de ti, no es que no crea en el amor,
es que ya lo conocí.

PELVIS

Me frustra no poder mostrarte cómo se ve tu cuerpo cuando te estás quitando el miedo.

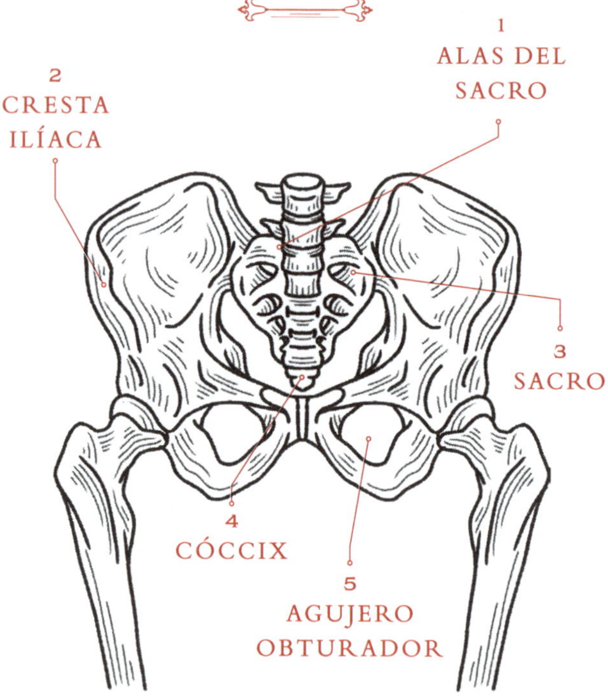

ABDOMEN

Mi estómago reacciona como si hubiera olvidado que soy un hombre adulto y no un estudiante enamorado.

Hay cosas que el amor explica mejor
que la fisiología.

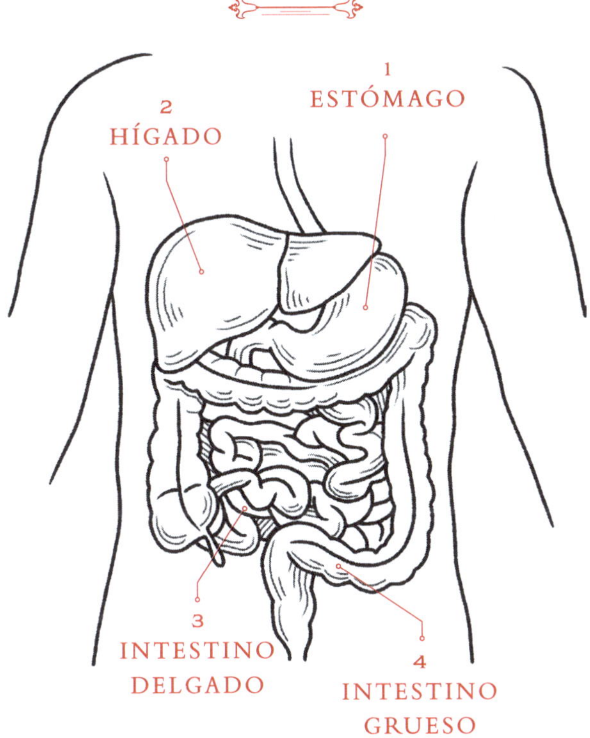

Causa de defunción: ingenuidad

No todos los que se aman terminan juntos.
No todos los enfermos sanan.
No todos los que sufren encuentran el porqué de su desgracia.
No a todos los buenos la vida les responde con justicia,
y no todos los malos reciben castigo.

Dame libros que sangren,
que no teman mirar de frente la miseria humana,
que no busquen darle el giro mágico
y sacrificial al criminal.

Muéstrame la maldad en cuerpos bellos,
y la bondad en otros difíciles de mirar.

Dame personajes que me enseñen la anatomía del daño,
la fisiología del odio,
corazones que vean el camino correcto,
y elijan la facilidad de dañar.

Dame una historia que no prometa consuelo,
una cadena de consecuencias,
disecciona el cadáver en una mesa de mármol,
explícame las capas de la ira y la decepción.

Quiero leer la vida
así como se estudia la muerte,
ya me diste muchos cuentos que me sedaron la mente.

Prepárame para el mundo real,
donde la bondad es impostora,
y una mano extendida puede ser parte de una estrategia.

Quiero estar advertida,
saber que, después de un beso,
un amigo te puede cambiar por monedas.

ESTUDIO DE CASO:

La exposición repetida a historias con estructura circular (donde el bien triunfa) puede provocar rechazo inmunológico a la vida real.

ESTÓMAGO

Dicen que el corazón ama, pero es el estómago quien sufre las consecuencias.

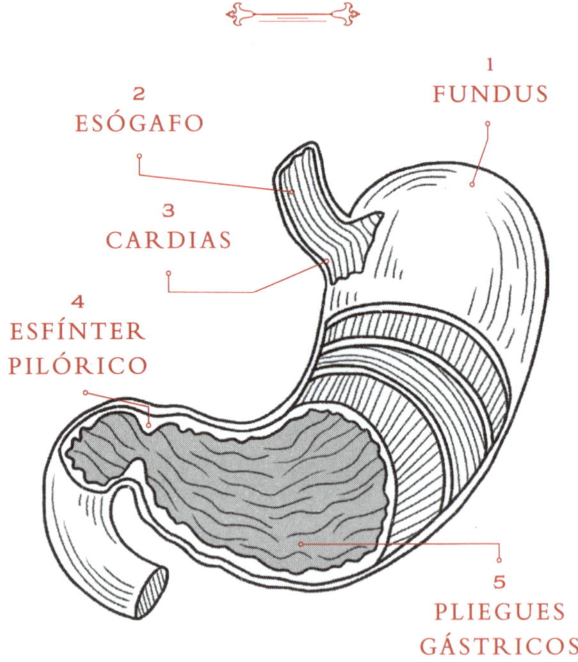

Caso n.º 219

¿Sabes qué odio de mí?
Que mi forma de amar se parece mucho a la obsesión.
No sé querer con calma,
el amor en mis manos no cabe en cucharadas.

Mi cabeza, mi cuerpo, mi corazón,
no entienden de moderación.
No saben ir lento,
no saben quedarse con una reserva.
Es devorarlo todo o morir de hambre.

Quieren mi voz y doy la garganta.
Quieren mi piel y me desuello para moldearla en abrigo.
Me dicen *mírame*, y pongo los ojos en una bandeja.

Odio que mi amor sea torpe,
humillante, desgarrador… imbécil.

Que no entienda pausas, ni distancias,
que confunda intensidad con permanencia,

que insista en quedarse incluso cuando sé que duele.
Como una boca que muerde demasiado fuerte,
un instinto que no sabe cuándo detenerse.

Amo hasta vaciarme el corazón.
Nunca sé cuándo parar.
Nunca puedo controlarme.
Acelero con todas mis fuerzas, consciente del choque.

Odio... odio que, aunque intente soltar,
aunque sé que me tengo que ir,
siempre encuentro mil motivos
o me invento excusas para quedarme.

Desde niña me alimentaron con sobras,
un pedacito de *ahorita no*,
una orilla de *luego vemos*,
un poquito de *después hablamos*.

Migajas de comida,
migajas de tiempo,
migajas de amor.

Aprendí a construir castillos con los restos de un *tal vez*,
celebrar mensajes breves,
hacer banquetes por un *te extrañé* de unos labios
que me abrieron la puerta
después de pasar la noche afuera.

Desde entonces he vivido así,
esperando que regrese lo que nunca llega,
aguardando lo que no alcanza.
Acostumbrada a no pedir,
a agradecer lo que no llena,

a justificar ausencias
y a quedarme con poco
por miedo a quedarme sin nada.

Me enamoré pocas veces
y eso solo porque no sé desenamorarme de lo mismo,
de quienes me dan lo justo para quedarme
pero nunca lo suficiente.
Solo saben retenerme,
nunca elegirme.

Y lo acepté.
Porque con suficiente hambre,
cualquier migaja te sabe a amor.

*Acepté migajas porque no sabía
cómo se vía un pan completo.*

HÍGADO

El sótano del cuerpo.

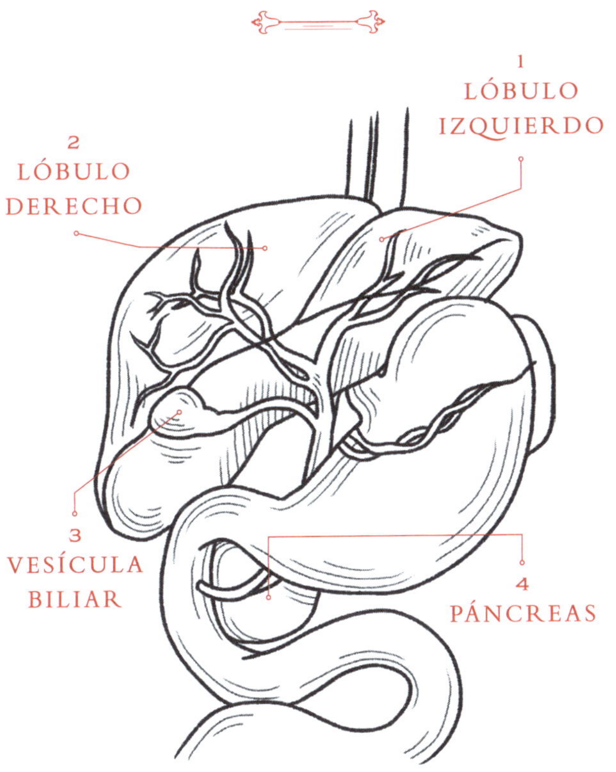

Ningún órgano soporta tanto como el hígado.
El primero en recibir el exceso y la culpa,
el último en quejarse.
He llegado a creer que aquí se esconde el alma.
Porque, dime
¿qué otro órgano es capaz de recibir tanto daño,
y aun así intentar sanar?

Es más fácil llamar
monstruo a otro que
reconocerse a sí mismo
como uno.

¿Por qué todos se van?
No entiendo.
Si siempre duele,
si todos me dejan,
si a donde voy algo se quiebra,
si todo esto se repite,
la falla debe estar en mí.

¿Pero en dónde?

Ojalá me dijeran qué parte de mí incomoda
para arrancármela.
«Ya te has arrancado casi todo en su búsqueda».
Me ajusto, me doblo,
me mantengo empacada para no molestar,
«y molestas igual».
Me intento portar bien,
me esfuerzo por no hablar de más,
por no pedir lo que no necesito,
«y todos se van».

Ni mi silencio es suficiente,
ni mi cuerpo mutilado, para no ocupar espacio.

¡Alguien dígame qué hice!
Ya acepté que es mi culpa,
pero no me condenen sin explicación,
por favor, denme el diagnóstico de mi error.

Hay quien se desarma para encajar,
y aun así no cabe.

EXTREMIDADES SUPERIORES

¿El forense puede identificar las huellas de quien robó mi felicidad?

Ay, humano.

Llamas monstruo a lo que no se parece a ti, tal vez así te tranquilizas. Si el mal tiene rostro ajeno, entonces el tuyo puede sentirse limpio.

El monstruo no nace, se construye. Se esculpe con rechazo, se alimenta de desprecio. Lo moldeas con abandono, se fortalece con violencia. Y cuando, finalmente, responde con rabia, sonríes con alivio, ahora tienes una prueba, una excusa. ¡Por fin una justificación!

«¿Lo ves?», dices. «Siempre fue peligroso», «Tenía razón».

¿Necesitabas algo más oscuro para poder seguirte creyendo justo?

Intolerante a lo que no encaja en tu molde.

Hablas de belleza como si fuera un mandato, veneras la simetría y la juventud como si a ti nunca te fuera a poner un dedo la vejez.

No amas la vida, siempre has amado la apariencia. Tú no buscas el bien, ni la paz, ni la verdad, tú quieres absolución, sentirte mejor en tu desgracia y, para ello, siempre vas a necesitar un monstruo

aunque tengas que inventarlo.

MANOS

No sé qué me sucede que puedo fingir no quererte ante el mundo, pero no ante una hoja de papel.

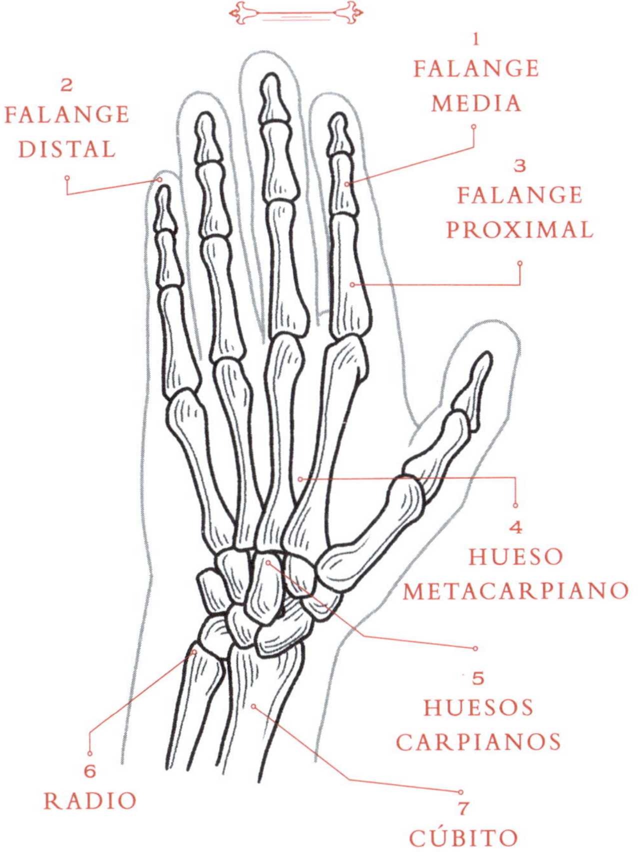

«Yo la arreglo»

Las personas no reparan a otras.
¿Cómo vas a arreglarme?
¿Encontraste ya el proveedor que te dará la pieza
defectuosa?

No, no estás intentando comprenderme,
eso dicen todos antes de intentar cambiarte.
Voces que insisten en enderezar mi cabeza.
Quita esa mirada de proyecto incompleto,
estoy harta de sentirme ecuación sin resultado.

A las historias las pisotean si no tienen finales felices,
¿cómo, pues, voy a creer que
no estás pretendiendo modificarme?
Quiero amar mi lágrima,
mis sentidos desorbitados,
mis pensamientos desordenados.

No hay una falla en mi sistema,
soy el sistema intentando sobrevivir.

A Venus le faltan brazos,
se rompieron, los olvidaron, los perdieron…
no lo sé,
pero esa fractura es parte de su historia,
corregirla sería ofenderla.

No todo lo roto se arregla.

Síndrome de la mano ajena

Te juro que yo no te pienso,
pero mi mano desobedece,
abre plumas, libretas,
teclea números que ya no me sé.
La detengo,
me distraigo y vuelve a tomar el teléfono.
Perdón si te ha molestado en la madrugada,
perdón si ha tocado tu puerta,
perdónala, no le ha llegado el aviso de que te has ido.

Tal vez el cuerpo
se enamora más
lento que la mente,
y olvida mucho peor.

Doctor, vine para que me ayude a entenderme, no para que me vuelva más fácil de soportar.

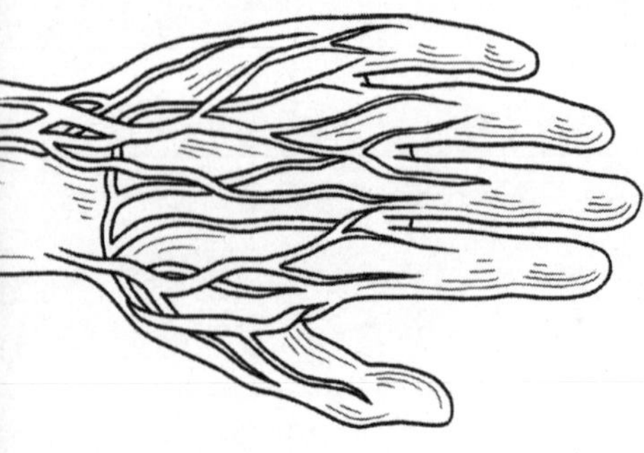

Llegan, toman algo de mí y se van,
hacen de mi vida un vivero con muestras gratis,
cortan una hoja,
una raíz,
se llevan semillas en los bolsillos,
después, el árbol completo.

Y yo me quedo mirando el hueco en la tierra
pensando en qué momento confundí
compartir con regalarme.

Por estar buscando quién tenía el vaso medio lleno,
me quedé sin agua,
                    y también sin vasos.

Siempre te llamaré *vida*,
aunque me quede con el dolor
de no vivirte.

Nunca te llamaré *error*,
aunque me haya equivocado
al no ponerle distancia
a mi corazón.

Y si un día mi voz te toca,
quiero que sepas
que *no me rendí*.

Solo Dios sabe
cuánto amor te tuve
para dejarte ir.

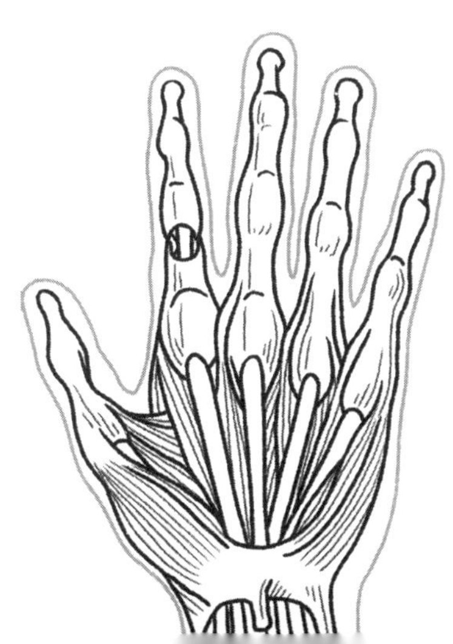

Él me pedía
no subir los codos a la mesa,
yo le decía que
se me complicaba
comer de esa manera.

Yo le pedía no subir
su orgullo sobre mi corazón,
pero eso no venía
en su manual de buena educación.

BRAZOS

Me pidieron realizar una obra arquitectónica para el consuelo, realicé unos brazos.

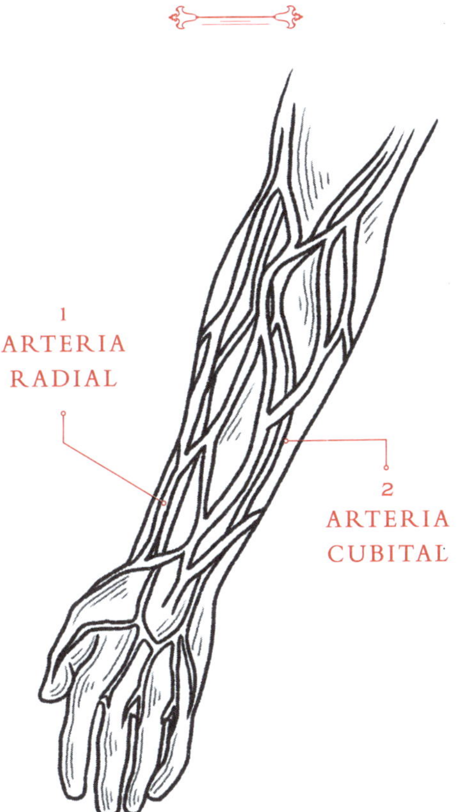

Si existe memoria de nosotros en la vida siguiente,
temo un poco no reconocerte.
¿Cómo te verás sin cicatrices?
Quiero imaginarte sin sombras debajo de los ojos,
¿cómo serán tus carcajadas cuando sus cimientos ya no son dolor?

Si me reconoces,
acércate, por favor,
y enséñame de nuevo quién eres
porque me encantará conocerte
en un cuerpo sin herida,
en unos ojos donde la muerte no haya dejado su firma.

No me dejes pasar de largo
como un inconsciente que ya no distingue su propio corazón.
Sonríeme primero,
Y así sabré que el paraíso no es un lugar,
es volver a encontrarte.

Doctor,
no me mire como diagnóstico
cuando estoy hablando como persona.

Mejor, dígame la verdad,
¿usted cree que hay personas
que no están hechas para estar bien?

EXTREMIDADES INFERIORES

—Huí porque te estoy cuidando.
—¿De qué?
—De mí.

PIES

El doctor me recetó distancia
y yo me bebí un mapa para volver.

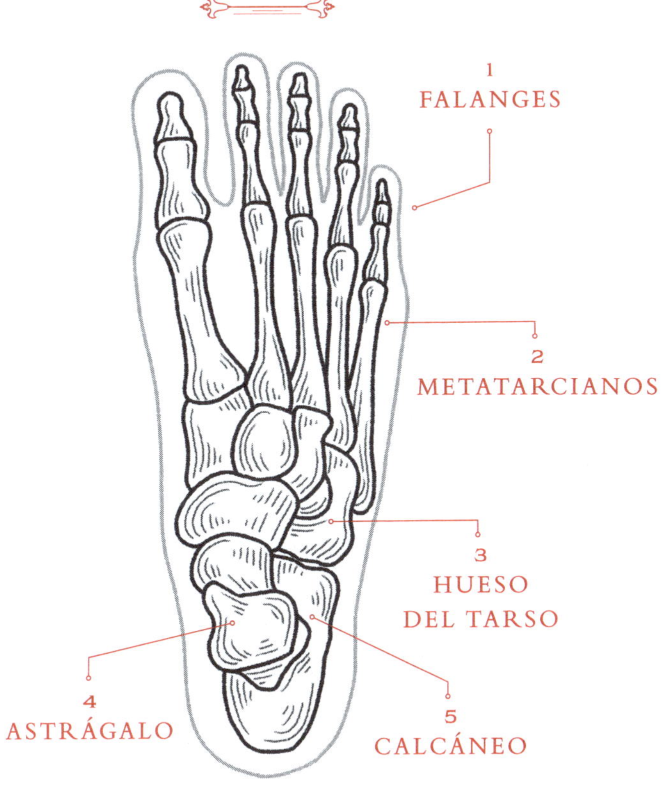

¿Hay alguna manera de saber si estás bien?
Dímelo en el viento,
que atraviese mi cuello como lo hacía tu voz,
o deja caer una luciérnaga frente a mí
como si fuese tu alma buscando calmar la mía.
Algo que me diga que allá donde estás
la vida no duele tanto
como de este lado sin ti.

Dime, ¿llegaste con frío o ya te esperaban con luz?
Dime, por favor, que ya duermes sin miedo,
que tus pensamientos ya no escarban desde dentro,
que la culpa, la ansiedad, la tristeza
se quedaron conmigo y no te siguieron.
Hazme sentir que no fallé o, al menos, no tanto.
Que no te solté en el peor momento,
y si es que lo hice, te juro que no fue por falta de amor,
ni de valentía, porque con todas mis fuerzas
te hubiera retenido a la vida.

Y si no respondes,
mi consuelo es pensar que me olvidaste,
que ya no tienes memoria de lo que sucedió aquí.
Porque para llamarse cielo se debe borrar lo que dolió
y, aunque me queme la sinceridad,
yo fui parte de ese dolor.
Si para tu felicidad mi historia desapareció
de tu corazón,
que así sea, mi amor.

El olvido, si es absoluto, podría ser la forma más misericordiosa de curación.

Después de perderte,
que se pierda el universo,
que caigan las estrellas
y el mar rebelde sobrepase sus límites.
¿Qué más me pueden quitar?
Si ya no están tus ojos,
no me sirve la luz,
si ya no está tu voz,
no me sirve la música,
si ya no están tus preguntas,
no me sirven las palabras.

No me asustan los finales
porque vi el mío acunándose en tus pupilas.

Mundo, ¿por qué sigues tu curso
y no te detienes conmigo?
¿Por qué floreces, por qué llueves,
por qué giras si lo esencial se ha ido?

¿Cuánto valor hay en la sangre
que, cuando se derrama,
pueden caminar sobre ella sin mirarse los pies?

No busco consuelo, ni sentido, ni belleza,
me da terror encontrarlo
y acostumbrarme a vivir.

Médico sin fe,
hombre sin tacto.
Uno que descubre que el final no es la muerte,
sino la total indiferencia ante la vida.

Nada duele tanto como que el mundo no se haya detenido contigo.

No importa cuántas voces tenga dentro, yo siempre sabré escuchar la tuya.

PIERNAS

Aquí el cuerpo se despide del cielo,
y aprende a pertenecer a la tierra.

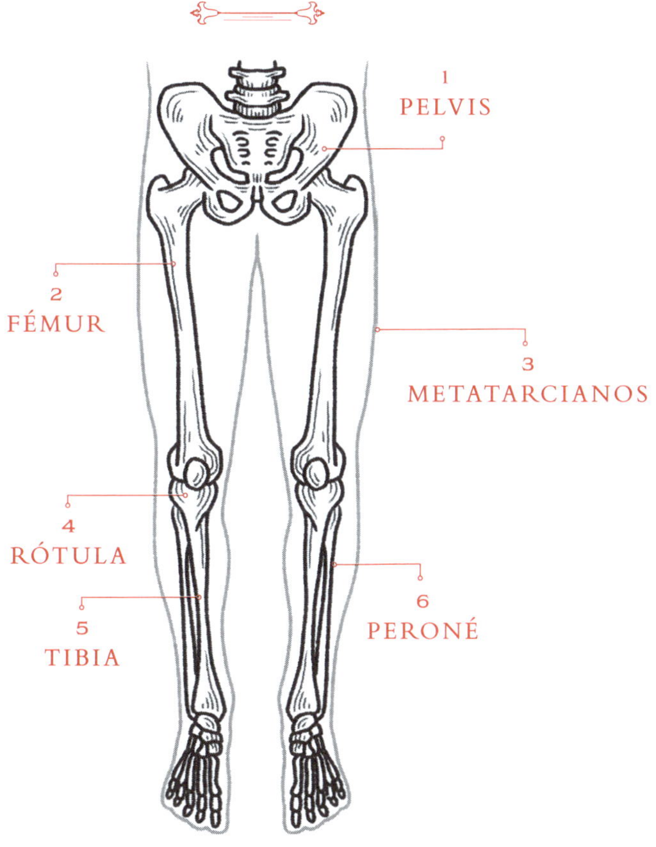

Después de los 27

¿De quiénes son esas pausas que haces antes de hablar?
Serán de tu padre…
¿O serán de alguna mujer con la que planeaste casarte?

Caminamos y me pregunto,
¿estamos en la calle donde besaste a alguien?

Y el café al que vamos cada viernes,
¿es nuestro o un arrastre de tu historia anterior?
Tus dedos tamborileando en la mesa,
¿hábito tuyo o herencia de otro amor?

Cuánto de ti, mi vida, no es tuyo.
Esos besos lentos que disfruto,
¿cuántos fueron ensayo y error?

¿Quién arañó por primera vez tu corazón
para que ahora ames con tanto cuidado?

¿Me amas por quien soy
o porque te recuerdo a alguien que no pudiste recuperar?

Soy distinta a ellas
¿o soy lo suficientemente parecida para que no se note la ausencia?

Siento celos de lo invisible,
de lo que no puedo preguntar.
¿Soy la mujer que esperabas o la que llegó cuando dejaste de esperar?

SISTEMA SENSORIAL

Me queda el consuelo de que
siempre te toqué como si fuera
la última vez.

¿Por qué, cuando el corazón te duele,
miras con resentimiento a la piel?

PIEL

¿Por qué dicen que repite patrones,
pero nadie pregunta quién los bordó en su piel?

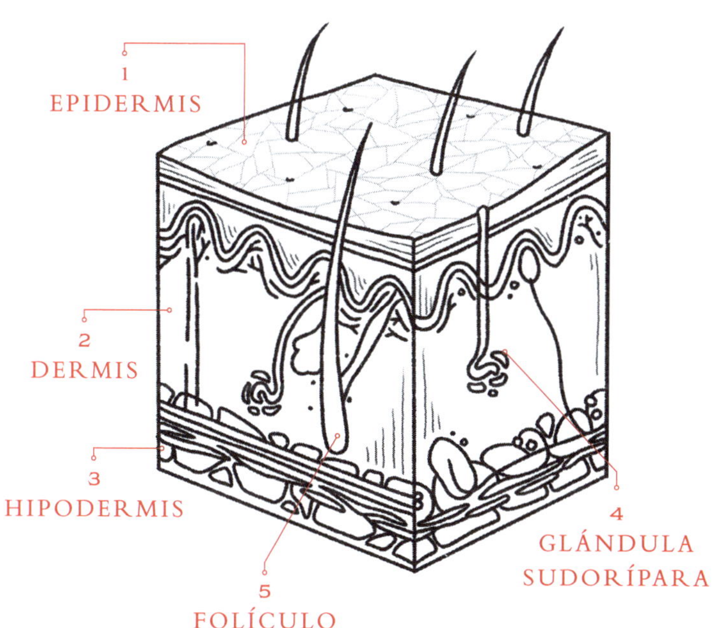

Un día alguien enredará sus dedos
en tu cabello, y se dará cuenta de
que la canción más bonita
se toca contigo.

No quiero querer a nadie como a mi padre,
y tampoco quiero odiar como odié a mi padre.
No quiero su voz de trueno
retumbando en mi cráneo,
ni sus manos apuñadas golpeando sobre la mesa,
ni su mirada de fuego,
ciega ante las lágrimas,
incapaz de perdonar la fragilidad humana.

No quiero su orgullo en los muros de mi casa,
ni su castigo a base de hielo,
no quiero más sus inviernos en mi garganta.

Me lo juré mil veces con los dientes apretados
y el corazón de niño roto,
que no permitiría nunca que entre a mi vida
alguien como él.

Y el tiempo,
tiempo lento,
embustero girándonos el revolver a la boca.

Un día volví a escuchar aquella voz de trueno,
sus nudillos sobre el comedor volvieron,
el aire helado y callado por tiempos para demostrar su ira.
Estaba en mi casa
un animal dormido esperando el momento para atacar,
los mismos ojos hastiados del llanto ajeno,
incapaz de ceder a la ternura…
en mí.
Estaba en mí,
salió de mí.

Yo soy mi padre.

El grito que odié de niño
volvió con mi voz.

Hijo mío:
compañero en este arte cruel,
no quiero prevenirte,
porque no vas a poder evitar lo que vendrá.

Un día, perderás a alguien.
Hay una ley que se impone,
así esté en tu lengua y memoria
la rapidez de recitar la ciencia y la historia.

A veces, no habrá negligencia
ni impericia,
solo la mano de la muerte extendiéndose sobre lo que amas.

No importa si fue paciente,
amor, amigo o sangre,
cuando llegue ese día,
algo se derrumbará en ti.
No sabrás bien qué, si el alma, la fe, el ánimo, el deseo,

pero sentirás que no hay vuelta atrás,
que algo se quebró para siempre.

No lo niegues, por favor.
No lo tapes, lo imploro.
No lo maquilles, suplico.
Tu uniforme no te va a proteger del dolor,
el conocimiento no te va a librar de la culpa,
tu vida, tu vocación, va a parecerte un error.

Permítelo,
permítete dudar, odiarte, odiar al azar la vida
y las circunstancias.
Permítete no desear volver a amar para no volver a perder.
Húndete y lanza tus pedazos al aire,
permítete sentir.
No quieras entenderlo,
no intentes volverte un caso al cual estudiar.
Pierde la compostura, si hace falta,
porque en este oficio, hijo, corres el riesgo de endurecerte,
y la muerte, cuando la vemos a diario, nos vuelve ciegos
ante la vida.

Cuando suceda, nómbralo,
y entre más duela, más escribe.
Entre más escribes, después, más lo entiendes.

Te lo digo yo,
como un hombre arrodillado en este momento.
Hoy no me sirven los libros
ni la luz.

Tal vez mañana vuelva a enseñar.
Tal vez mañana vuelva a curar,
tal vez mañana vuelva,
tal vez mañana,
tal vez.

ÓRGANOS INTERNOS

En un punto de mi trabajo, comencé a dejar de sentir el peso de la muerte. Pero no creo que sea un logro, a decir verdad, estoy comenzando a temerme.

Que tu amor por mí,
no te quite el amor por ti.

RIÑONES

Todo lo que no fuiste capaz de llorar termina aquí.

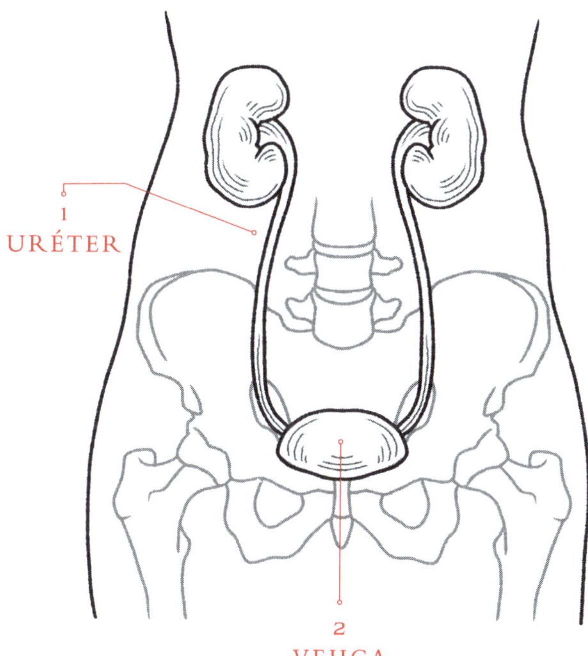

No me uses como excusa para apagarte.

¿De qué sirvió
que mi cuerpo resistiera manos, jaulas y torturas,
si ahora tú te dejas morir despacito
en una casa exiliada
esperando ya no sentir?

Tus lágrimas a destiempo
para mí no son amor.
¿Quién se culpa por lo que no tenía remedio?

No me pongas flores, ponte de pie.
No viniste a rescatarme
para hundirte conmigo después.

No me debes sufrimiento,
me debes vida.

Toma café caliente en las mañanas heladas,
escucha esa música horrible en el auto,
recoge los sueños que dejaste en el cajón,
vuélvete a enamorar.
Aquí ningún fantasma se va a enojar.

Apagar tu corazón por respeto al mío,
¿no te suena a castigo?

Haz todo lo que yo no pude
para que el mundo
no pueda decir nunca que me venció

No quiero que mi nombre
sea la piedra atada a tu cuello,
quiero que sea la mano
que te empuja un poquito hacia adelante
cuando te quedas demasiado tiempo mirando al suelo.

No te apagues,
alguien tiene que quedarse encendiendo la luz.

Vive,
aunque te duela respirarme en cada esquina.

Vive,
aunque a veces te parezca una traición.

Vive,
porque, si de verdad crees que me amaste,
entonces sabes

que nunca quise ser
la razón por la que detuviese tu vida.

Si tanto dices que me amaste,
entonces
                    vive por los dos.

Déjame descansar,
tú despierta.

A veces me doy cuenta de que sé más sobre la muerte que sobre cómo vivir con ella.

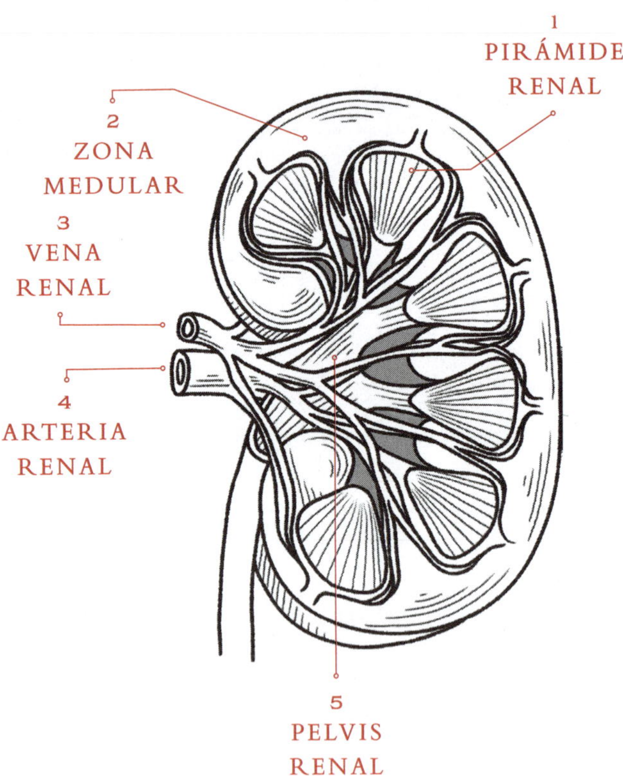
1
PIRÁMIDE
RENAL
2
ZONA
MEDULAR
3
VENA
RENAL
4
ARTERIA
RENAL
5
PELVIS
RENAL

ANEXO

EMBARAZO

Me comeré mis palabras de que el amor no duele.
Como tú nadie me ha dolido,
me desangro, me destruyes, pero me llenas el corazón.

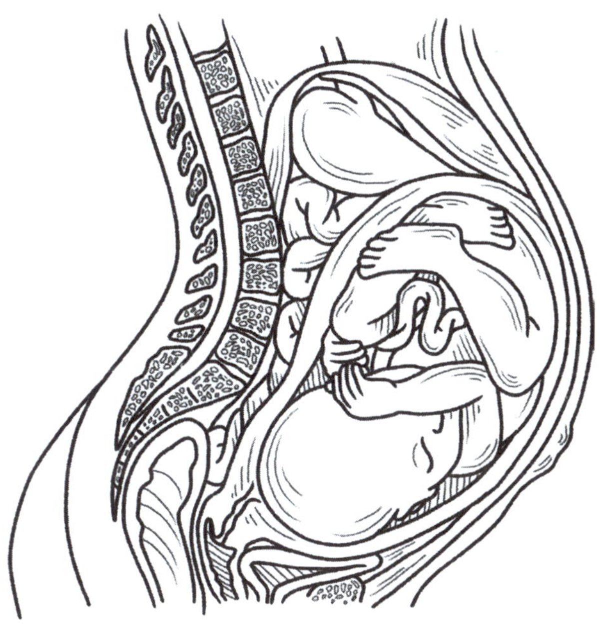

Perdón, pequeños

(a los hijos que no vinieron)

Perdón por no haber tendido aún la cama de la cuna,
por no llenar el aire de canciones en tonos agudos y
tontos,
perdón por mis pechos vacíos incapaces de nutrirlos,
por mi vientre, cuarto vacío.

Perdón
por no haber hallado a quien también los soñara,
a quien quisiera pintarles un cielo con crayones
y aprender sus nombres antes de oírlos llorar.

Yo los pensé.
Los he abrazado en el aire,
he olido su cabello castaño,
los vi a los ojos
y los solté.

Estoy cuidándolos antes de que existan,
un amor extraño a lo no conocido,
intenso para poner límites

visceral para regar un jardín donde siempre es invierno,
tan real que viajo al pasado una vez a la semana
reparando la casa de mi infancia,
llevando materiales, flores y colores por si un día la conocen.

Perdón
si a veces los llamé en sueños
y se quedaron
al otro lado del tiempo.

Perdón
por amarlos sin fecha,
sin nada preparado,
sin regreso,
con tanto miedo de decirles que sí y no saber qué hacer después.

Tal vez,
en otra vida,
cuando el amor no huya,
cuando la familia no suene a guerra,
y el mundo no duela,
cuando la soledad no sea la única que extienda su varita
de hada madrina,
cuando no tenga que elegir entre sobrevivir y abrazarlos…

Hasta entonces.

¿Y si un día me mira con los mismos ojos que yo usé para preguntarle a mi padre «por qué»?

¿Qué les diré?
¿Que los parió un huracán de esos que
pronostican que sea cinco y resultó ser dos,
pero cuando dicen que es tormenta tropical
resulta que destruyó la ciudad?
¿Cómo van a depender de alguien tan
inestable como yo?

Me da miedo que me necesiten fuerte
el día que yo necesite ayuda.

Observo el mundo y me doy cuenta
que la risa de un niño estorba,
se les pide madurez antes de aprender a caminar,
y todo gira para mantenerlos quietos antes que vivos.

«Qué buena madre,
ni siquiera parece que en su casa haya niños».

¿La vida está diseñada para olvidar pronto que alguna vez
fuimos niños?

Tratamos a la infancia como una etapa que debe superarse,
cuando debería ser una historia que se protege.

Padre, ¿por qué tener niños si solo anhelas que pronto dejen
de serlo? ¿Tanto te molesta que te haga las preuntas que tú
ya dejaste de hacerte?

Cuánto sacrificio.
Yo no he comido desde no sé
cuándo, pero mi cuerpo ha decidido
que a ti no te falte.

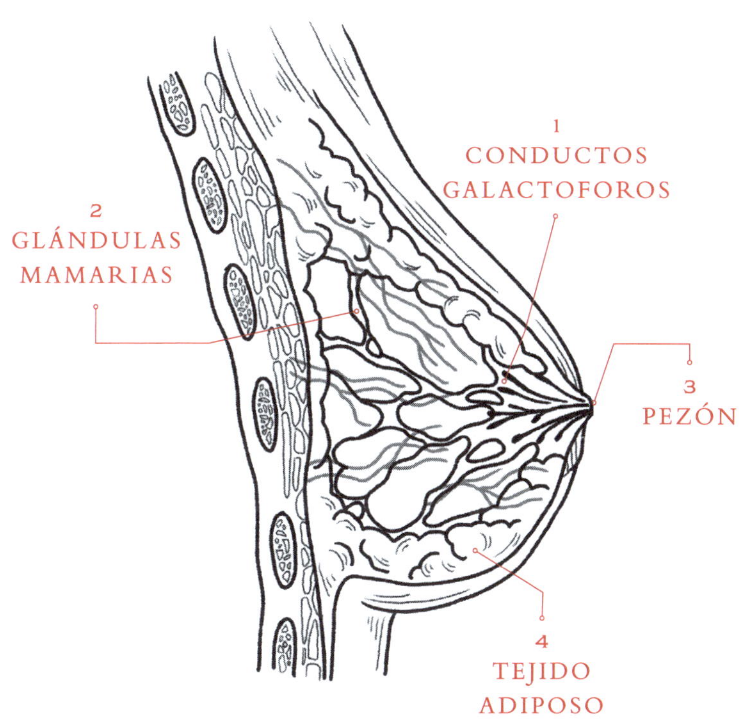
1
CONDUCTOS
GALACTOFOROS
2
GLÁNDULAS
MAMARIAS
3
PEZÓN
4
TEJIDO
ADIPOSO

Creí conocer de pies a cabeza, de izquierda a derecha, la historia llamada «gestar». Era mi rutina: ver, palpar, medir, escuchar latidos ajenos, envolverme del olor a sangre, meconio, gritos y desgarros.

Pero ahora... ahora me siento la mujer más ignorante del planeta. Que me perdonen todas a las que creí entender, nunca lo hice, no tenía idea. Podía recitarles lo que pasaría en ellas a las veintidós, a las treinta, a las cuarenta semanas, calmar su preocupación excesiva por lo que creían extraño, cuando mis apuntes desde casa gritaban *todo es normal*.

Pero no soy capaz de hacerlo conmigo,
soy una impostora,
una mujer sin instinto,
mi vientre parece desconocido,
tiemblo al ver mis pechos derramar leche.
Las hormonas, diminutas bestias desgarrando mis sistemas,
el miedo,
la línea nigra,
la melancolía desmesurada,

el miedo,
las piernas inquietas a las tres de la mañana,
el llanto insostenible,
la ternura,
jugar a combinar nombres,
el miedo,
la soledad,
los suspiros,
el miedo.

Debajo de mis costillas se escucha una percusión,
un tambor,
un reloj,
cuenta regresiva,
muere una mujer con mis ojos,
mi voz y mi cabello,
se gesta una criatura del tamaño de un pomelo,
una nueva sonrisa,
un nuevo corazón.

Mi niño se arrulla con mi llanto,
se asusta con mi risa,
él descansa entre lágrimas,
se consuela con mis quejidos.
Lo acerco a mi pecho,
escucha mi respiración agitada
y duerme.

Perdón, corazón mío,
que no hubo más canción de cuna que mi tristeza
cuando habitabas en mi vientre.

Nunca supe cuidar de mí.
Habité en cuevas y al pie de los océanos,
bebí con sirenas
y bailé con osos hambrientos,
viví en nidos de cuervos
y les quité los ojos.

Aun así,
tengo la vergüenza de decir que voy a cuidar de ti,
que seré tu hogar,
y seré tu alimento,
oleré el peligro que nunca vi conmigo,
daré mi cuerpo como carnada,
si eso te dará tiempo de correr,
seré una hiena,
te enseñaré a reír ante el miedo,
seré una mantis,
devoraré cabezas,
seré un tejón de miel,

abriré mi carne con las uñas,
si he de salvarte a ti.

Y me voy a equivocar,
ya me equivoqué y todavía no naces,
ya lo reparé y ni lo sabes,
sepulté cadáveres en el patio trasero,
ya no confiaba en ellos,
mi síndrome del nido
incluye limpieza,
organización y canibalismo.

Nunca supe de cuidar de mí,
hoy lo intento,
por amor,
por ti.

¿Cómo puedo cuidar de alguien si ni siquiera sé quién soy ahora?

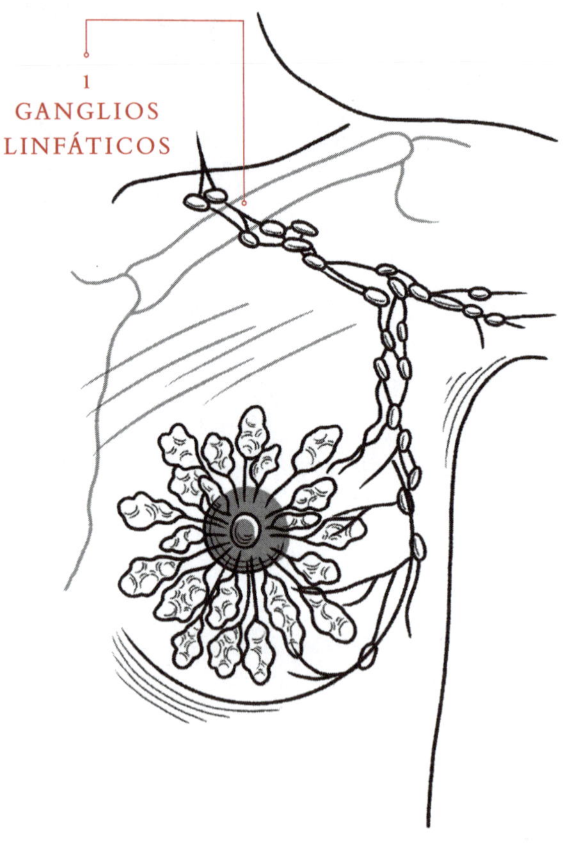
1
GANGLIOS
LINFÁTICOS

¿Quién es esta?
Me pregunto en cuanto me veo al espejo,
me pregunto en cuanto pongo la mano sobre mi vientre
abultado.
Nunca tuve al abdomen más plano,
ni mis medidas estuvieron cerca de ser perfectas,
pero logré amarme,
y qué tortuoso poder volver a sentirme Afrodita
cuando parece que me he comido la luna de una mordida.

Vivo entre aceites y ungüentos ancestrales,
rosa mosqueta *no me desampares*,
luchando contra la sequía que no tarda en agrietar mi tierra.

Cuento las porciones de comida,
he declarado guerra nuclear contra la manecilla de la báscula.
Sube y baja,
mi estómago me desconoce,
arde, se estruja,
devuelve,

se harta.
Sangra.

Qué tormento,
sentirme tan feliz y tan sola,
tan hermosa, monstruosa,
guapa y desconocida,
tan mujer, madre,
tan fiera.

Qué fácil es prender la chispa de vida,
y que arduo mantenerla encendida.
Los dolores de parto comienzan desde el día uno
y se extienden años después del alumbramiento.

Quiero quemarme y sentirme deseada
porque hoy siento que ni un ciego me toca.
Mis pantalones lloran en el armario,
mi lencería dice te extraño.
Mi reflejo pregunta, ¿qué haces llorando?
Mi mente me dice egoísta,
mi corazón me comprende.
Te juro que mi sonrisa no es fingida,
te juro que mi drama tampoco.

Y vuelvo a apagar la luz,
vuelvo a cubrirme la cara,
y vuelvo a ahogar mis gemidos,
y vuelvo a donde inicié.

Debo volverme a querer.

En ningún hospital sangré tanto
como en las páginas de este libro.

A LOS QUE AÚN NO HAN PERDIDO

Praeceptum I: no amarás al humano que te fue confiado tratar.

Praeceptum II: si el corazón te habla durante la cirugía, salte del quirófano.

Praeceptum III: no curarás a quien temas perder.

Praeceptum IV: aquel a quien ames no debe estar sobre tu mesa.

Agradecimientos

Un día, entre lágrimas, dudas y sin saber qué hacer con mi vida (no es que ahora lo sepa), solté el camino que parecía correcto. Dejé la medicina por dedicarme a escribir y, en ese trayecto, pensé: pero ¿qué haré con esos siete años que le dediqué? Mi familia piensa que se perdieron, pero yo quiero pensar que cambiaron de forma. Intento comprender la anatomía, la fisiología y al médico desde otro ángulo, uno en donde no intento salvar a nadie y quiero entender qué significa estar vivo, qué significa estar muerto mientras se sigue viviendo.

Agradezco mucho a mis maestros de la universidad (UAGro) que me enseñaron a mirar el cuerpo con sublime respeto: no tocar sin autorización, mirar lo prudente y seguir tratando con dignidad a quien ya no posee vida. Muchas gracias a aquellos pacientes que me enseñaron a ver.

Al doctor Torres, que en paz descase. De él aprendí a conocer al humano antes que a la enfermedad. Una vez me dijo que la medicina es estricta por excelencia, pero que siempre debe haber cabida para el alma. Fue de esos médicos raros, esos en los que todavía se asoma el humano a través de los ojos.

Al doctor Daniel Álvarez: perdón, debería agradecerle por sus clases de Neuroanatomía, pero es que me cambió la vida. Esas clases de Historia de la medicina de los viernes parecían de relleno, pero terminaron por darme ideas, de ahí nació *Desfibrilador* y ahora *De anatomía poética*. ¿Quién lo diría?

Perdónenme, quizá debí encontrar la cura contra una enfermedad rara o publicar un estudio en una revista científica importante, en lugar de eso regreso con poemas para los órganos, bueno, si esto fuera el siglo XV no estaría nada mal. Fracastoro descubrió cómo era el mecanismo de infección de la sífilis antes de que siquiera existiera el microscopio, pero él y su sensibilidad de explicar lo inexplicable. Supongo que, en el fondo, la medicina siempre ha necesitado un poco de poesía para explicar lo que todavía no entiende.

Gracias a Armando, por aguantar a esta escritora desordenada. Debe ser extraño ver a tu esposa caminar por la casa hablando sola a las dos de la mañana, recitando versos al aire, gesticulando como si alguien la estuviera escuchando, llorando por historias que solo existen en su cabeza. Gracias por no llamar al exorcista, gracias por creer que esto tiene algo de sentido.

Gracias, Dios, porque una vez más me permites publicar un libro. ¿Quién soy yo para que tomes mis sueños de la mano y los hagas pasar? Que mis palabras nunca olviden de dónde vienen.

Gracias a Editorial Planeta y a mis editores Marielo y David, por dar nuevamente una oportunidad a mis letras.

Este proyecto nació en el 2023. Cuánta ilusión tenía con un libro de poemas para colorear, me alegra muchísimo que haya sido de la mano de ustedes.